旅時

在空曠的軌道徘徊，走上世界的歧路那般焦慮
使我們時常分不清楚，自己是否真正得回到家園

殷善培 主編

淡江大學出版中心

目錄 CONTENTS

極短篇

散文

CONTENTS

小說

好球壞球——

普義南（淡江大學中國文學學系助理教授）

「文學寫作，追求的往往不是正中直球，而是最好的壞球，或者最壞的好球！」

《旅時》這本書所收錄的篇章，來自淡江大學歷史最悠久、規模最大的五虎崗文學獎得獎作品，今年已經是第二十九屆。現代文學不是我研究的領域，但我卻硬著頭皮接下了此活動的指導工作，花了一學年的時間，組織中文系的同學，擬定主題、徵稿、宣傳，以及邀請知名的作家擔任決審工作。在歷時一整天的決審會議上，我們看到評審們個殊的文學觀與審美觀，彼此交流甚至碰撞，激盪出發人深省的火花。其中擔任極短篇決審的傅月庵老師，就曾以「好球壞球」妙喻文學。

「詩有別趣非關理也」，文學可以講道說理，但不是講道說理的都是文學；「語不驚人死不休」，文學可以是對日常語言體系的挑戰或破壞，但挑戰破壞，並不是文學追求的極致。在新詩組推薦〈妳的子宮已荒煙漫草〉，以女體爲喻，辛辣地控訴當代的媒體文化；在散文組推薦〈洞天〉，山林環保議題中，又收束在山鬼的依戀中。作者在手套裡揣著的那顆球，如此地曲折，如此地不可預測，忽而伸卡、忽而大曲，瞻之在前忽焉在後，「刷！」地一聲，留下的只有揮棒落空後那不可置信的愕然，以及隨著而來的閱讀驚喜。

「那些沒有愛情的人在個別的黑洞　丈量飢餓與絕望」（〈爲你，寫一首宇宙〉），全世界，可以是一份感動。

「她的膝蓋本就不好，還跑。還跑，跑得比我更著急。她在計程車旁邊如孩童般雀躍揮手，極似做了一件了不起的大事。」（〈髮絲逝水〉），一份感動，可以是全世界。

我閱稿、我聆審，我讀著學生們的參賽文字，如同讀著自己的年少、曾經，雖然那是沒有一顆會相同，也不會有相同的心靈宇宙，個殊卻又充滿了共性。我不是院長，也不是系主任，更不是知名作家，系上囑我寫序，只是爲了我曾承辦了這次比賽，我想這篇序對書籍銷售一點幫助都沒有。但還是要藉這個機會，感謝與我一起促成這本書出版的涵怡助理，以及逸峰、棋誠等活動成員。還有擔任繁重審查工作的複、決審老師們。更感謝的是所有的投稿者，無論得名或未得名。我們都一同參與了這趟旅程，那怕它是迷途，一場與文字美麗邂逅的迷途。

第一章 新詩

PART 01

新詩組評審介紹

趙衛民　老師

教授、詩人、作家。目前任教於淡江大學中國文學學系，亦指導淡江大學微光現代詩社。寫作文類多樣，長期以來均以詩及散文創作爲主。曾獲時報敘事詩優等獎、國軍新文藝散文及長詩銀像獎、青年文學獎、文協散文獎、中興文藝獎章等，著有詩集、散文集另有小說及論文《尼采的生命哲學》、《老子的道》等。

丁威仁　老師

知名詩人作家，現任國立新竹教育大學中國語文學系專任助理教授。曾獲全國優秀青年詩人獎、90年度教育部文藝創作獎新詩組首獎、第27、29屆聯合報文學獎新詩組評審獎。

白靈　老師

本名莊祖煌，一九五一年生於台北萬華，祖籍福建惠安。高中時就讀建國中學，考入臺北工專研習化學。一九七四年畢業後，任教臺北工專化學科；後赴美進入史帝文斯理工學院攻讀取得化工碩士學位。歷任臺北工專專任講師、副教授。其曾爲草根詩社成員、主編《草根詩刊》。現任國立臺北科技大學化工系副教授。現任耕莘青年寫作會執行顧問、葉紅女詩人獎總策劃人、臺灣年度詩選主編。

旅時

曾貴麟（中文二A）

那班被野放的列車即將抵達
早晨，小城逐漸清醒
日光、水氣與童謠擁有太多曖昧意味
記憶前來與這場合應對、互相馴服
時差總是如此，思緒晚於現場一步過境

這是尋常的難題
「那些架上晾著的
遙遠的日子，過於寧靜
有些水鳥橫跨季節
沉默得像一座一座待廢的群島。」

當時的欣喜與憂慮
逐漸被時間所編譯
繼承早年習慣而書寫的信件
流利的母語開啓一個話題：
關乎老家與遠方
陽臺與車票
仿若在個遠途班車的行旅裡，發現
年幼時所遺失的明信片

舊宅、路標與年齡的灰塵
比擬遺跡那般毫無羞澀的儀態
橫陳，居留於社區
這可能已是最妥善的擺設
返回家鄉唯一的鐵路
被日記節錄下來的我們

再也無從修改
癱坐在某種復發的陣痛裡
像那場孩提時期迷途的郊遊
在空曠的軌道徘徊，走上世界的歧路那般焦慮
使我們時常分不清楚，自己
是否真正的回到家園

【首獎評審意見】

丁威仁：〈旅時〉是此次參賽作品中完整度最高的一首，每一段的結合是讓意象完結，最後一段對於歸鄉的自我提問，讓這首詩的亮點整個提出，這一首的氛圍能夠讓人產生許多聯想，能有個人抒發和感觸。

趙衛民：我欣賞〈旅時〉，每一字句都相對仔細斟酌，顯現出獨特的感性。有疑問的是括號的部分，創意性很強，但若有引用卻又失去原創性。

白靈：〈旅時〉這一首括號部分引用與否是可討論的地方。

妳的子宮已荒煙漫草

林念慈（中碩三文學組）

是的，有人神秘兮兮的告訴女人：
「妳的子宮已荒煙漫草。」
資料來源完全保密
目擊證人理該保護
驚訝
是當事者唯一的權利
耳語沿著巷口竄燒
燒成一個女媧也補不完的大洞
連CNN也高度關注
她只擔心下一步就要焚毀整個城市
甚至是一整座海島

是的，有人緊張兮兮的告訴女人：
「妳的子宮已荒煙漫草。」
確認了造物主的保鮮條款後
本宮的保固期仍長達七百八十八萬又四千秒
巷口的造謠者只好打起群架
或以耶穌之名起誓
媒體要子宮站出來開記者會
她又擔心隔天的頭版上
刊登著一張橫眉豎目的照片
（沒有人教導子宮應付媒體吧）
還在子宮頸上
打著聊勝於無的馬賽克

連上帝也不知道
女人孕著一個極其秘密的胎
每夜唾沫暖濕如慾望溫床
交媾著人們的寂寞與好奇心
隱私權只能無力呻吟
任憑留言順利著床
超音波也釐不清那張面目全非的臉
只確定是一個無比巨大的嬰
擁擠在小小小小的子宮裡
焦躁的等待剖腹生產

【推薦獎評審意見】

丁威仁：〈妳的子宮已荒煙漫草〉題目讓我眼睛爲之一亮，我認爲這是一個意念強烈的社會諷刺詩，他強烈的諷刺對於社會與子宮的連結非常特殊，但我對他分隔的方式有疑慮，其實最後一段可以省略，有點多餘，並未能讓詩作加分。詩有時候不需要講清楚，必須要留一個思維空間。

趙衛民：荒煙漫草的「漫」是錯字嗎？我會對它有些許感冒，因爲那是對詩的不重視，荒煙漫草出現太多次，會讓我感覺過於重複。

白靈：這是一首很現代感的詩，也是對於男性主義的說明，這首詩很不正經八百，我覺得滿好的，我也覺得最後一段有點過頭且重複，錯字似乎稍嫌過多。題材性的跳脫讓整首詩頗有個人看法。

天象觀測練習

劉兆恩（中碩四語言組）

有時候　　我醒來
窗外如此安靜所以
樹葉落下時有風的驚呼
有時候單車行過
揚起的節拍就成為小鎮擬詩的腹稿

有時候　　在雨季
當我抬頭望見太陽偶爾
也揣測起天空的詭計
揣測那些不意而來的以及更多時候
是意料之中的濕冷天氣

皺點在你的髮絲及肩
害得我們必須撐起一件衣裳
必須如此靠近
必須過於緊張而忘記文法
且遺落某些片語
在那些相偕走過的街角
濺起水花結結巴巴

有時候　　啊其實
是很多時候我想說的不過就是
既然靠近那就別離開了吧
通往晴天的慢車就要啓程
許多的跋涉都是為了
在下一個季節　　或者再下一個季節裡
聽陰雨落盡　　如
慣於辭窮的我們

把話說完
剩下的就都是微笑了

【佳作評審意見】

丁威仁：〈天象觀測〉像是一首少年的心情，中間的空格結合先前結巴的意象連結，扣緊延續，天象觀測像在觀察心儀對象的詩，讓我回憶到過去的青春。

趙衛民：〈天象觀測練習〉有許多精彩的句子，但整個意境稍嫌平淡。

白靈：〈天象觀測練習〉結尾太過平淡。

為你，寫一首宇宙

吳貞慧（中文進學一）

不由自主地懷疑有一天，你會不再屬於我
像是光亮的彗星掃過阿鼻地獄，像是幻覺的燃燒
我無從確知自己擁有過，美麗的季節。

從此刻到明日的距離，猶如銀河
各種繁華或將老的光點在漂流，移動或對話
詞語失去位置，並預定離開它的姿勢。

那些沒有愛情的人在個別的黑洞
丈量飢餓與絕望，他們覺得好冷，好冷
沒有一點溫暖，所有低溫、潮濕的語言

都會從壓縮的太陽直接穿過，並抵達冥王星
而我還在這裡，用力鼓動胸口的餘燼
想為他們被遺忘的飛灰，重新製造
熱烈的骨骸，裝填值得繼續活著的血肉。

而你知道，我啊多麼想超越光速，寫一首宇宙
為你，寫你在我心臟的爆炸，寫大霹靂如何降臨
寫恆星的歷史，寫我如何粉碎過又復活在你的懷抱
寫啊，寫更多你我在末日以後的相遇，更多的
嶄新的詞彙、豔麗的玫瑰與火焰。

在吻與永恆之間，在花與命運之間
你的臉上有我想獵取的星圖，詩將為我召喚。

【佳作評審意見】

丁威仁：〈爲你寫一首宇宙〉當中提到的阿鼻地獄並沒有在後續做銜接，其中一些敘事化的部分處理並不好，我會覺得它的敘事高過它的詩意。但我剛剛發現他的節奏感提高他的抒情語言，如果此一使用方式穩定度提高，分數將會拉高。

趙衛民：我認爲題目不好，如果要說宇宙，應該多一些科學名詞，有助名詞的力道。中間的構思還看的出來，在最後兩行顯示出意境。

白靈：兩位老師的要求都偏高，但我認爲題目滿好的，兩位老師對「第三段前四行能夠繼續維持美感會更好」的看法，我深感認同。

憶—麥可傑克森

薛德綱（資傳所一）

誰是比利珍？
他是個妙齡女郎
仰賴陰鬱的藍調買醉
任憑迷濛節奏挑逗
悸動的靈魂，恣意地揮霍激情
使斑駁鏽蝕的貓王年代
停　格在最後一次的
餘韻———

誰是比利珍？
他是個時空行者

蒙上一層童稚的笑靨
隨意穿梭於流行樂的甬道，或是
氧氣艙的盡頭，不失序地
重新校正45度的宇宙軸線
傾斜的經典在夢幻莊園裡頭
重新定位

誰是比利珍？
他是個傳奇
軟呢帽沿下的微捲髮梢
藏不住早已缺氧的戰慄
晰白的右手就定位於黑色褲襠
伴隨一聲：「Beat it」！
假如世界末日　來　臨
那將會只剩下掌聲尚未結清

誰是比利珍！
這已不重要
無疑地，他早已成為至高榮耀的神祇
你又何必執著
進
退
進
退
的迴圈步伐……

【佳作評審意見】

丁威仁：〈憶麥克傑克森〉我並不是非常喜歡，整體而言像在看一首紀錄片，放在詩裡有些不夠詩意，像是在最後一段的圖像應用也非我所偏好。

趙衛民：這首詩很有挑逗性，有點神氣活現，一個姿態就擺在那邊，用歌詞的寫法，強而有力，但語言性可以挑出一些毛病。

白靈：這首詩的末段排列是有特殊用意，也發現他能很明確說出麥克傑克森的特點，不喜歡的部分是最後一段的三行，稍嫌過白。

第二章
極短篇

PART 02

極短篇組評審介紹

傅月庵　老師

本名林皎宏，筆名蠹魚頭，知名出版人。畢業於臺北工專，國立臺灣大學歷史系碩士班。曾任遠流出版公司總編輯、遠流博識網站主編及顧問、《短篇小說》主編。曾爲許多知名作家如柏楊、董橋、白先勇出書，現爲茉莉二手書店執行總監。著有《生涯一蠹魚》、《蠹魚頭的舊書店地圖》、《天上大風：生涯餓蠹魚筆記》、《我書》、《書人行腳》，並於二〇一一年與應鳳凰合著《冊頁流轉：台灣文學書入門》。

郝譽翔　老師

國立臺灣大學中文博士，曾任國立東華大學中文系教授，現任國立中正大學臺灣文學研究所教授。著有小說集《幽冥物語》、《那年夏天最寧靜的海》、《初戀安妮》、《逆旅》、《洗》；散文集《一瞬之夢：我的中國紀行》、《衣櫃裡的秘密旅行》；電影劇本《松鼠自殺事件》；學術論著《大虛構時代：當代台灣文學論》、《情慾世紀末—當代台灣女性小說論》、《儺：中國儀式劇場之研究》、《目連戲中庶民文化之研究》；編有《當代台灣文學教程：小說讀本》等。其小說被歸類為女性都市文學範疇，作品曾獲聯合文學小說新人獎、時報文學獎、中央日報文學獎、臺北文學獎、華航旅行文學獎、新聞局優良電影劇本獎等。其中電影劇本《松鼠自殺事件》已由導演吳米森於二〇〇六年拍成電影。

張春榮　老師

現任國立臺北教育大學語文與創作學系所專任教授、國立臺灣師範大學國文系兼任教授，為極短篇著作、創作的第一把交椅。著有二十多本專書，其中《修辭新思維》、《作文教學風向球》、《極短篇欣賞與教學》、《作文新饗宴》、《看圖作文新智能》、《實用修辭寫作學》等書，都是採擷當代研究專著，斟酌現今「文法與修辭」、「作文理論與教學」、「語文領域的創思教學」、「文學作品改編」、「現當代文學」各領域的專長所著作而成。其經歷豐富、得獎無數、成果斐然，每本著作皆是重新思索，體用考量，兼具理論與實務，是當代中學教師及文學創作與研究者必備寶典。

對面的她

王筱涵（中文一C）

我看著那女人。

等待信號轉成綠燈的空隙，我站在對街與她相望。最近街上新開了間百貨公司，往來的人潮與車流絡繹不絕，被擦得像鏡子般明亮的玻璃櫥窗內擺上許多穿著時尚服裝的模特兒衣架，一一擺出撩人姿態。我忽略依附在衣物上、寫著細小而具誇耀式價格的標籤，直直盯著那女人看。

她就像是媒體致力吹捧的現代審美觀的集合體：高眺而骨瘦如柴，肌膚近乎慘白，細瘦的四肢從色彩斑斕的衣裝中伸出，臉上搽滿化妝品；鞋跟似乎只有我的小拇指那麼粗，卻足足是它的兩倍長。我站在對街與她相望，彷彿都可以聞到那股濃烈的香水味兒。

綠燈了。我向前走，女人則自顧自地朝手機說話，淨是往更熱鬧的地方走去。我看了她最後一眼，在此同時，她也回頭瞅我一眼。不知怎的，我心中頓時湧出一股想要尾隨她的衝動——不不不，我來這條街上可是要辦正事的。況且，我與那種愛慕虛榮、費心裝扮自己的人是完全不同的。我告訴自己，馬上打消念頭，不再去想那個對街上的女人的事。

馬路上行車的後照鏡反射的強烈日光刺得我快睜不開眼睛，我挑著人行道有樹蔭的那一側走，拿出手帕擦去脖頸的汗珠。好累啊，腳好痠，眞想休息一下。手上文件的份量逐漸變重，沉沉壓著我的臂膀。在週末的午後還出門工作，我是如此敬業啊！又何況，如果不是爲了公事，我壓根不會接近這條街半步。

該怎麼說才好呢，那種類型的人，如果要說喜歡或者討厭，我絕對是討厭的。說「討厭」還嫌太過婉轉，我簡直痛恨至極！用種種名貴的物件包裝身體、縱容男人肆意物化仍沾沾自喜；揮霍青春與肉體、沉浸於荒唐的性愛當中。在我的眼中，那女人就是這樣的人。

哼，大概連靈魂也賣給慾望了吧！我嘖嘖嘴，早一秒也好，眞想快點離開這條充斥物慾與拜金主義的街道。

正當我要轉過身，往旁邊的大廈移動時，方才的那女人又默默出現在我的眼角末端。她提著大包小包繪上名牌圖樣的紙袋，單薄的身軀站在人來人往的百貨公司前。我只是這樣看著她，她亦只是這樣看著我，眼眸中的神情與其說是不屑，更近乎於冷漠；像是我旁觀著他人的那樣漠不關心。

紅燈了。我向前走，女人則衝著我一笑。

在我對面那條街上的，是一面偌大的鏡子。

【首獎評審意見】

郝譽翔：批判嘲諷，結局出乎意料，有創意，令人會心一笑。

張春榮：合格之作，畫面感強。

傅月庵：控制得宜。

過客

洪崇德（中文四B）

高中畢業後已有數年沒見，你突然在臉書上提出了好友邀請，一待通過便自來熟地丟了幾個訊息過來話起當年。

由於實在許久沒有連絡，開始只覺得生份而尷尬，寒暄間禮數十足。但從近況到過往，聊過幾次之後，竟逐漸憶起當年的一份念想來。

那時你是班上品學兼優的好學生，老束著一頭馬尾乾淨俐落，身居班長職位，作事積極不推託。清秀的容貌又有著活潑的個性，早被一群情竇初開的小男生視爲夢中情人。然而說也奇怪，你雖不介意和男孩子打打鬧鬧，然而面對這些愛慕的話語卻總是採取迴避的態度。久而久之，碰了一鼻子灰的小男生們或者轉移對象，或者從明戀轉爲暗戀，再沒有人自討沒趣。

其實我是暗暗把你放在心上的，卻始終從未表露自己的心意。高中畢業後斷了聯絡，初時不免有幾分遺憾，待得時間逐漸過去，想想自己條件並不如何出眾，甚至和你其實不甚熟稔，經歷過一些人事後，這份相思之情早已淡了。

原以為只是你生命中一個點頭之交的過客，沒想到竟然在過了幾年之後又重新連絡上，而且在幾次的聊天裡竟逐漸欲罷不能。每次想到這裡，總覺你我之間隱隱牽著一條線，那似乎就是人們口中的緣分了！

從日復一日的談話裡，彷彿撥開層層的迷霧，穿越時空的阻隔，我正逐漸釐清你的近況，並重新檢視著，現在的我們之間的距離。你已經大學畢業，展開了一份新的工作。你過得很好，單身。臉書上的大頭貼是一頭披肩長髮，眉線與淡妝遮不住靈動的眼神，昔日清秀的青春美少女，如今已是精明幹練的上班族了！

你和我居住在同一個寂寞的城市，多雨的氣候，單調的季節。我猜想我們像兩顆流星般遇上了，而當我這樣比喻，你笑著說，不如我們出來喝杯咖啡，見見面，看看兩顆流星相遇會發生甚麼樣的事情？原以為你是說笑呢，沒想到你竟認真的詢問起我的行程，和你的時間反覆比對。最後直接約定第二天的下午碰面。

那天晚上我失眠了，想著和你見面後有的種種可能，胡亂做了幾個古怪的夢，被驚醒幾次後索性不睡了。第二天提前到髮廊染燙頭髮，從衣櫃裡拿出最好看的衣服，噴了男性香水，把自己打扮得整整齊齊，只希望能給你一個好印象。

當我到達咖啡廳你早已等在那兒，一個女人和一個中年男人同坐一張桌。面對我的疑惑你笑了笑，示意我坐在身旁，這才開口問我：「你聽過安麗嗎？」

在那一刻，整個宇宙都在旋轉。罹患失語症的同時彷彿我丟失了你的一切：你的姓名、美麗與我們曾有過的朋友關係。有一條隱約的線懸在你我中間，我現在看清了，那上頭亮晃晃的，分明都是銅臭味。

【推薦獎評審意見】

郝譽翔：故事與結局的翻轉很精彩。

張春榮：合格之作。

傅月庵：作者寫作之基本功皆具備，結構相當穩。

紅綠燈

薛德綱（資傳碩一）

週一的早上，陽光灑向大廈上的玻璃帷幕，斜斜地映照出川流不息的車陣與芝麻般大小的人們。匆忙的上班族們拿著咖啡，伴隨著閃爍的綠燈加快腳步，奔向對面的人行道，紅燈。

忙碌的步伐成為都市中習以為常的節奏，一直延續到了中午。遠方走來一個年輕人將手機夾在頭和肩膀之間，笨拙地反覆確認手上的便當數量。過了一會兒，年輕人將手機放進口袋，坐在人行道旁的鐵椅上。

綠燈，佇立於路口的人群又開始疾步移動。這時，年輕人發現對面路口中的人群裡一個提著菜籃，步履蹣跚的老婦人，步伐緩慢地在路口中央。但是燈號裡的小綠人已經開始奔跑起來。年輕人見狀，起身跑向馬路，攙扶老婦人到人行道上，紅燈。

老婦人向年輕人道謝，並從菜籃中拿出一顆蘋果遞給年輕人後，老婦人慢慢地消失在人群裡。年輕人將蘋果塞進西裝口袋裡，回頭拎起鐵椅上的便當，離開路口。隔日中午，年輕人捧著便當經過路口時，又發現正在過馬路的老婦人。年輕人又放下手中的便當，將老婦人扶到人行道上。當年輕人離開路口時，手上又多了一顆蘋果。

每到了中午，年輕人總會坐在鐵椅上等待，攙扶老婦人過完馬路後才離去，並且維持了一年多。某天，年輕人卻等不到老婦人的身影，年輕人只好先離開。然而，往後的幾天仍不見老婦人，年輕人坐在鐵椅上詳視著四周。過了許久，一位西裝筆挺的女士拍了年輕人的肩膀，便帶領年輕人走到一家法律事務所。

女士向年輕人表明身分，是老婦人所雇用的律師，也說明老婦人已在上週過世，在遺囑中提到年輕人的善心助人，老婦人將價值上千萬的五筆土地全由年輕人繼承。

老婦人的獨生子一聽聞此事迅速地從國外趕回，認為老婦人不識字，懷疑遺囑造假，並且向地方法院訴請確認遺囑無效。消息傳出後，媒體不斷地大肆報導，使得全國鬧得沸沸揚揚。最後地方法院審理時，幫老婦人預立遺囑的律師出面作證，遺囑是由老太太親自口述，由見證人筆記，當眾宣讀、講解，在場有多人見證和簽名。法官認定這份遺囑內容眞實，且爲老婦人本意，並且認爲老婦人兒子長年久居國外，數年來對老婦人不聞不問，未盡子女奉養責任，判決遺囑有效，老婦人兒子敗訴，由毫無血緣關係的年輕人繼承上千萬元遺產。

判決的結果引起一陣輿論譁然，隔日早上，陽光依舊灑向大廈上的玻璃帷幕上，但是映照不出任何一台車輛或是來來往往的匆忙步伐，只看見每一個路口都坐滿了人們，緊盯對面的人行道，等待著綠燈……

【佳作評審意見】

郝譽翔：具社會批判意義，敘事結構、鋪陳佳，但故事的可信度較無法說服我。

張春榮：老婦人的線索可以更多，要做適度的解釋。

傅月庵：所有的寫作都是做出來的，但要做的自然，此篇的梗太老了。

家族

沈佩璇（日文一A）

又是一個年。

每年初二陪著外婆上餐廳和娘家的人吃個飯，幾乎已成了不成文的默契，我煩躁的轉著手中的杯子，直到母親睞來責備的一眼，這才不情願的坐正。我一向不喜歡這樣的場合，陣陣說笑間，彷彿一切都被隱藏，那不眞實的違和感，每每都令身在其中的我，頭暈目眩。

按照慣例，每年首先要較勁一番的，便是出席的先後順序。外婆與母親的性子和藹，一向不與人計較，多等些時候，面上也未露任何不耐，反倒是一向面無表情的父親，眉頭已是緊緊皺在一塊了，正當我依著眉毛糾結的皺摺數仔細推算不耐煩的程度時，眾多親戚才陸陸續續到來。

眾人入坐的速度很快，我也一掃先前不耐的冷臉，在見到眾人的瞬間換上了乖巧靦腆的笑容，打招呼的聲音甚至不像自己的，開朗朝氣地和心情成了強烈反襯。而隨著一道道佳餚上桌，周遭的大人們也各自聊了開來，我默默地盛著菜，從頭到尾不發一語，眼兒卻是滴溜溜一轉，開始悄悄的審視著眾人。

右手邊的母親正與一位嬸嬸說著話，對方的話不外乎是些她的女兒多優秀、兒子又多有成就云云，那臉上的笑竟是快咧到耳根後了，眼角的餘光卻不著痕跡地掃了在場眾多晚輩一圈，眼底多了些鄙視之意，我眉頭一皺，挖飯的速度快了些，卻見母親臉上仍是那抹溫婉的笑，雙目中一片眞誠，好似一點也不在意，就只是那抹笑少了些弧度。

只可惜，似乎不是所有人都如母親般能夠隱忍，二阿姨倒先聽不下去地露出了訕笑，不冷不熱的回了個幾句，那眼神是十足挑釁又滿帶不以爲然，下一刻，嬸嬸原先得意的笑臉，先是刷上一層黑，後又抹上一層紅，想是全身的血液都集中到那兒去了。

爭鬥一旦開始，接下來自有人幫著接下去，一個個婆婆媽媽都跟著出來幫腔，沒多久便拆成了兩派，大伙各自爭得臉紅脖子粗，有的是雙目瞠大、拉長脖子地不停叫嚷，有的則是面無表情、卻是字字犀利地令人無法反駁，更多連滿臉嘲諷、不以爲然甚至是專看好戲的都有。

我眼一瞄，果見年歲最長的祖父如往年般露出了極不耐的神情，那緊抿的唇似在隱忍什麼，又像是什麼也沒聽到的穩重，我忍不住端起手裡的湯碗，掩去了嘴角那隱含趣味又帶點嘲諷的笑。

這場幾乎每年都要來上一場的鬧劇，我身在其中，卻又彷彿置身事外，一邊想著，人性也不過如此，一邊將那碗嚐不出滋味的湯，一口吞了下去。

然後，放下碗，又是那抹乖巧懂事的微笑。

【佳作評審意見】

郝譽翔：題材讓讀者很有共鳴，透過團聚吃飯點出家族裡複雜的情境，情節具幽默感、悲中帶喜，但較欠缺故事性。

張春榮：散文化的極短篇。

傅月庵：作者使用的詞彙無法控制這個題材，導致詞彙重複使用。

淨空

郭心瑀（日文進學一）

搬進新家的那一刻起，她便感到灰塵無所不在。

和所有的中年婦女一樣，她厭惡髒，更厭惡作髒的人。因而念頭方起，家中就陸續進駐各式各樣的清潔用品。綠色膠瓶專門處理頑垢，粉紅盒裝的溶解油汙，無一不靈，然而，雪白堆積的泡沫卻沒有將髒徹底清除殆盡，她知道，眞正的過敏原，出自於在她之外的人。

恐懼的新發現令她渾身顫慄，她從正欲洗刷的水槽中抬頭，惶惶的望向對面的窗，恰巧那窗後的女人也正看向她。裝在窗上的黑鐵欄杆一條條印在女人的臉上，和身後油膩汙穢的廚房合起來就是一間牢房；暗黃色的牆上頭掛了一張黑白照，無奈怎麼伸長脖子還是看不清照中人，她怔怔地對牢那雙漠白的眼球——或許是自己的，或許是母親的，突然領悟照中的人是她的丈夫。當他和孩子一齊看向她時，居中的丈夫便被上了框，成了一張陳舊的遺照；兒女一左一右如同一雙紙紮人偶，紙白的臉上唯有平板的五官、呆木神情，無聲悄立在兩旁。當他們看著她時，當她從女兒漠然如平滑石面的臉上，看見了灰塵的源頭時：過去不停的抖，落下的灰使人嗆咳欲淚，然而它撫平自身皺褶後，泰然自若的攤平在地，留下她像一個早衰的兒童。

之後，她再怎麼看他們也是如此了，不會再有別的了。而也許她欠缺的從來都是放把火燒掉一切的勇氣，在漫天塵雨中，她想。

於是她將雜物從高樓丟下，劃破天空像裁一塊藍布，女兒的表情如同底下被砸中的無辜路人，鏡面反射中，她瞧見自己凝滯的微笑。

最終，如她所願，沒有聲音，沒有言語，甚而連金線蛛絲般，輕輕包覆彼此的網絡也消失了。灰黴似的人影逐一化爲沙發下的暗影。

她這屋子總算窗明几淨了。

【佳作評審意見】

郝譽翔：將所有女人的命串聯在一起，以灰塵爲象徵，文句具詩意，但故事性不足。

張春榮：除了反諷外，可以再增添延展性。

傅月庵：題材、觀看角度佳，但詞彙的使用不夠精準。

第三章
散文

PART 03

散文組評審介紹

吳晟　老師

本名吳勝雄，一九四四年出生。世居彰化縣溪州鄉。屏東農專畢業，隨即返鄉擔任溪州國民中學生物科教師，教職之餘爲自耕農，親身從事農田工作，並致力詩和散文的創作。一九八〇年曾以詩人身份應邀參加美國愛荷華大學國際作家工作坊，爲訪問作家。二〇〇〇年二月從溪州國中退休，專事耕讀；並兼任靜宜大學、嘉義大學、大葉大學、修平技術學院等校講師，授文學課程，至二〇〇七年六月爲止。出版詩集：《飄搖裡》、《吾鄉印象》、《向孩子說》、《吳晟詩選》。出版散文集：《農婦》、《店仔頭》、《無悔》、《不如相忘》、《筆記濁水溪》、《一首詩一個故事》。

鴻鴻　老師

本名閻鴻亞，詩人、導演與藝術家。生於台南。板橋高中、國立藝術學院戲劇系畢業，現爲國立台北藝術大學戲劇系兼任講師。曾任《現代詩》、《現在詩》與《表演藝術》主編，並曾獲時報文學獎新詩首獎、時報文學獎小說評審獎、聯合報文學獎新詩第一名、二〇〇八年度詩人獎、南瀛文學獎文學傑出獎。曾為唐山出版社主編《當代經典劇作譯叢》。一九九四年創立密獵者劇團，迄今擔任三十餘齣戲劇、舞蹈、及歌劇之導演。二〇〇四至〇八年擔任台北詩歌節之策展人，又自二〇一一年續任迄今。二〇一二至一三年擔任新北市電影節之策展人。二〇〇八年創立《衛生紙詩刊+》，二〇〇九年創立黑眼睛跨劇團，並在推出新戲《醜男子》、《黑鳥》，兩齣戲分別為台北藝術節以及關渡藝術節之強檔大戲。鴻鴻曾與楊德昌等人合著電影劇本《牯嶺街少年殺人事件》並參與演出，劇本獲得金馬獎「最佳原著劇本獎」。

房慧真　老師

別名運詩人。一九七四年生於台北，長於城南，養貓之輩，恬淡之人。她的模樣如同她的文字，敏銳靈透，沒有因著眼界而長起來的世故；描寫破敗底層、童年陰暗、世間處處不經心的惡，卻沒帶憤恨。二〇〇五年進入國立臺灣大學中國文學研究所博士班後，開啓部落格寫作，沒有目的與計畫。至今仍寫作不輟，廣為熟知。

髮絲逝水

袁仁健（中文一C）

寒假。

本慣下午始睜開眼睛，這天卻特意早起，乘公車到淡水捷運站，再至台北車站。一路握著手機，深怕漏接一通電話。即使她比我更懂這個世界，即使我已經把路程告訴了她，但仍怕她不懂前來此地，在異地陌陌人海中無助獨立，是多麼令我不安的事。「到了機場嗎？嗯，嗯，好。懂得怎樣來嗎？好。有什麼問題再打給我。我也正在來了。」終於接通電話，我們再次同處一地了。

來台灣將近半年，但並不熟稔這裡曲折的路徑，在台北車站竟花了許多時間尋覓她。她在階級轉角佇候著我，我抬頭仰望那熟稔的矮胖身影，又一件寬鬆的圓領上衣，配搭黑黝的牛仔褲。急步走前。如今見了面反而驚慌失措，難以壓下迴腸的熱，無數句子湧上喉嚨，千言萬語正要傾吐之際，我竟不懂如何篩選出恰當的話語。總是如此。我略帶生硬地張開雙臂擁抱了她，並顧左右而言：「媽媽，怎麼你來玩也不穿漂亮的衣服？」媽媽笑了笑說：「不想拿這麼多衣服。」她拍了拍旁邊的行李箱，「這是我從香港拿給你的東西，差點超重了。」

當我告訴台灣友人寒假不回香港時，大家不約而同地詢問：「那不是很可憐嗎，為什麼不回去？」我重複相同的答案：「不會——我媽媽會來台灣找我，順便在這邊玩樂。」當我於深夜以差劣國語去買廣東粥的時候，老闆也問我相同問題，而我，仍然沿用一樣的回答。冷情如我，甚至曾告訴媽媽：「如果機票昂貴，就不用來找我了。」回不回去，見不見面，於我，似是無關痛癢。

這幾天，四出購物，買的並非台灣特產，而是家居用品，小至清潔工具大至電爐櫃檯，無所不備，把原本貧乏的空室充塡得極為飽滿。一如我的肚皮。寒假幾乎每間餐館也關門了，於是我們買了食材煮食，不消片刻，熱氣騰升，炒豬肉茄子和青菜端到桌上。台灣美食雖多，卻不比媽媽親手煮的佳餚美味。猜疑，這無關舌尖。人始終要在家方能安樂享受，能與至親共聚一餐，彷彿足以令斗室化為故地的家庭。我連連讚賞，大呼過癮。她再三投訴：這裡工具太少，鍋子又只有一個，味道還是差了一些。其實這樣就很好。欲言又止。羞澀常常控制了嘴巴，不曉言語，唯有連開玩笑掩過不安。

「以後就可以在家煮飯，有空多弄，省錢之餘，身體也會健康一點。記緊打掃，這個清潔劑是用在廁所，不要弄錯。」叮囑繁多，我勉力追捕種種生活常識，連連點頭。飯後，媽媽看似比我更加疲倦，倒在床上深沈於夢境。可能她昨天忙於收拾行李，根本沒有睡過。我想。時間過得真快，明天媽媽又要回去香港。黑潮中我嘗試細細看清她的面貌，卻只得朦朧臉龐。無意入睡，我偷偷用手機向朋友發訊息：「我說謊了，媽媽來台並非玩樂，而是再把我的人生導向正軌。」沒打下一句。可是，我幾乎從未予她絲毫感激之意。

聽聞小時候我如口香糖般常粘著媽媽，會擁吻得她喘不過氣，會在放學後不想去補習班，獨自跟在大人後面乘車，假裝大人已代我付錢，如此一個小時左右，我便出現在媽媽工作的店子，等待她下班帶我回家。人長大了，才驚覺口香糖早已自行脫落，年齡變成一道不能彌補的鴻溝，雀鳥無法飛越的距離，就算我再討厭數學，一加一終究等於二。到再次擁抱媽媽，已經是很遠的事了。

十七歲。

香港中學會考放榜。早知成績差劣，我輕蔑學制定義的讀書，把所有閒暇花在自己有興趣的書本。一如所料，除了中文外，其他幾乎潰不成軍。這樣也好，就這樣離開了牢獄。反正報了其他課程。沒想到這不過是由牢獄轉到另一個牢獄罷了。我陷於苦境，豪言壯語早就失效，亦幾近無路可退。過度輕忽在單槓翻動，就注定重重落地時，會擁有一雙叫出痛苦的腳板。

捱不下去，我逃課。下午去餐廳吃飯，本來只想把我的想法告訴她。然而，當看著她因年月而破損不平的臉孔，「對不起。我無法再在那裡唸下去。我打算回校重讀。」短短幾句，連日的掙扎和挫敗隨之從眼睛傾瀉。她一句話也沒責怪，連連安慰。人生首次掌控自己的未來，滿腔熱血自信撞上現實卻不堪一擊，揭示了我的無知。

回到家中，收拾文件，我準備馬上到學校申請重讀。媽媽佇立門前，並說：「無論如何，我也支持你，放心去吧。」我如孩童緊緊擁抱她，原來，我這麼軟弱，她又如此堅韌；原來，衰老足以撐起年輕，違反了自然定律的堅強。

曾力勸同學不要重讀，我如今出現在學校中用功讀書，絕非我意料所及。牢獄轉化成我的避風港。再一次放榜了。拿了成績，難以在港升讀大學，幸而準備了後路，台灣大學的海外招生。

人眞奇怪，等到台灣大學放榜，我才開始考量自己應否離開香港。未知的恐懼化成陰霾威嚇：「上次決定如此挫敗，你眞的有勇氣離開家鄉嗎？」舉步不前。連忙打電話和友人商討事情。遇上同意此行者，則說，我本是單親家庭，實在不忍心留下媽媽一人，如果出了什麼事，又如何對得住自己良心啊。百行以孝爲先，無人能反駁這番道理，紛紛倒戈相向。由此，我開始尋找其他課程，取得幾個報讀名額。轉眼間，萬事已備。

凝視漸漸化白的髮絲，我向媽媽說出這番想法。聽了我的疑惑，她竟略帶氣憤，「你不是一直想去台灣讀中文嗎？爲什麼不去，留在香港做什麼？」驚訝。本以爲天下母親皆不欲子女離開己身，沒想到卻是相反。思索原因，原因如閃電擊中了我。雙眼漸紅。她以言詞刺穿了我的虛僞，與其說我不忍離開母親，倒不如說自己心志動搖，害怕遠離熟稔的一切事物，才借此作一藉口，擋過了千千萬萬的人，她偏偏洞察了我眞正的志向，毫不猶豫斬破謊言，迫使我面對內心。對，我想去台灣。其實，爲人父母者何嘗希望子女走到異地，她卻偷偷把我的心取代了她愛惡的位置罷了。

晨光刺眼，四周缺乏陰涼樹蔭，燠熱圍堵了眾人，媽媽拿出手機看了看時間，我們正等待去機場的巴士。六點多起床，我和她都顯得疲累。昨天忙於收拾行李，幾乎沒睡過。時間無多，剛好有計程車停靠約五十多步的路旁。尚未知道它有否載客，矮胖身影就跑了出去，拙劣擺動雙手邁步向前。她的膝蓋本就不好，還跑。還跑，跑得比我更著急。她在計程車旁邊如孩童般雀躍揮手，極似做了一件了不起的大事。

磅一磅行李重量，差點超重了。媽媽笑說，厲害吧，我收拾得很好。眼見餘下不少時間，就在機場吃早餐。這時始覺手機竟沒家人相片，馬上從手機螢幕定睛聚焦——寬鬆的圓領上衣，厚厚髮絲夾雜了似水年月，淡淡兩劃眉毛，嘴角輕輕上揚，圓胖臉龐容不下一絲愁容。如斯慈祥。沿衰老的髮絲，窮盡昔日烏黑亮麗幻化成此刻蒼蒼白髮，我看出了她過去的青春依舊連綿從不逝去。

終於要離別了。媽媽雙眼漸紅，彷彿千萬叮囑尚未說完，說完，也怕我忘掉，想再說一次。時間無情。同行友人催促我快點起行。她緩緩流出眼淚，我竟如此不堪，連一句話也說不出。放低行李，我以手臂環繞她的肩膀，閉起雙目，企圖以數秒體溫撐起她的身軀。愚笨如我，根本別無他法。彼此揮手。背向而行，我深知她仍舊佇立，只等一個回首。

我沒有回頭。

來台以後，最初確實常和媽媽通訊，但日子漸久，生活忙碌，兼又適應異地人事，就減少了談天。而且，即使用電腦見面，也沒有話題可談。每次張口，總覺捕捉不到精確的句子，表達不了感情。媽媽三番四次貌似生氣，卻少有責罵，也許她曉得我的難處罷。我猜。

「不早了，起床吧。」永遠比鬧鐘更有效的聲音。我睜開睡眼昏沈地看著她，她戲言：「沒有很多時間再看到我了，快起床。」對，今天是媽媽留台最後一天。洗臉刷牙，至淡水老街購買手信，吃個飯，啓程到台北車站。

黑幕落下，我們乘坐捷運，默默相對無言，媽媽累極入睡。在車卡中，燈火穿梭窗子映照地板，旋生旋滅，她低首沉寂，一時間盡顯老態。我靜靜俯視她的髮絲，年歲入木的印刻又加深了幾分，如若拾起地上一根落髮，定能細看出斷紋年輪。年齡確是一道無法斬斷的洪流，兩岸差距隔絕了彼此的親近，可是，父母子女之間何止目送而已！當我獨立他岸，冷眼相待，假定無能爲力之際，她，卻知其不可爲而爲之，以奉獻犧牲築起堅實橋樑，費盡力氣做種種事情，一心無非只想越過流水，到達彼岸。即使僅能縮短一寸兩地的距離，也好。

到了。

我誤以爲懂路，發現錯了，才急著問人。總是這樣。拉著行李快步而走，媽媽緊跟著我，幸好找到公車。鬆一口氣。前方眾人逐漸登車，媽媽仍不停叮囑我諸多事情。其實她回家後必定再和我說相同的事。支吾以對。驀地，我深吸一口氣，沿用調笑的語氣：「放心，我會好好生活，妳也要保重身體，等我回來。」

遠眺公車駛去，這次，換我當等待回首的人。

【首獎評審意見】

閻鴻亞：這篇是我心中的第一名，人性洞察與情感鋪敘很平衡，用精簡的文字掌握某種眞實感。描述親情，一場景一細節，比如他說兩岸，抽象地與他和媽媽的相處跳接得很完美，沒有附加臃腫的描述，讓場景自己說話。

房慧真：這篇我還滿喜歡的，這篇與〈對不起，謝謝〉的文章都爲外籍生所寫，很感人但並不濫情。此篇情感似淡卻濃，有留白，很難得，一開始的冷淡，吸引讀者繼續讀下去。媽媽招計程車那段，我很像看到朱自清的《背影》，很厲害的手法，看似醜化媽媽，但更能看到媽媽對女兒的深情，情感於是產生，不失之於爛，透過距離降低溫度熱情來寫。

吳晟：較平鋪直述，但很感人，這篇手法較飽滿，透過角色互換似淡卻濃，但有小地方讀起來不順，例如：我也正在來了……。

洞天

劉兆恩（中碩四語言組）

若有人兮山之阿，被薜荔兮帶女蘿。
既含睇兮又宜笑，子慕予兮善窈窕。

——《楚辭・九歌・山鬼》

順手取來竹枝權當手杖，撩撥腳下荒穢蓁莽，一面確認路況，一面打草驚蛇，以免在毫無防備的行走間踩踏虺類，甚至遭遇蛇吻。我雖生長於山下，卻不是個善登山者，幼時父親曾經預言我等一代可能已經四體不勤，不復過去父祖遊盪跑跳山野如猴，如今看來似乎成讖。也許，當我們一個個帶上眼鏡、羈旅於各大繁華城市之始，早已注定這些代代相傳的野性，終將被摺疊收藏於故鄉那只陳舊的五斗櫃裡。

值此早春假日清晨，驚蟄初屆，萬物方甦，山間花草林木既然先行展色，紅綠爭妍熱鬧氣氛蟲族又豈能錯過？自我登山伊始，頭頂上便不時亂蚊環繞，伺機吸吮人血，孰不知前方鮮豔斑斕蜘蛛在枝枒間早已結妥死亡陷阱，緊密的網上沾粘許多見獵心喜者的殘軀。腳下攀木蜥蜴螳螂蝴蝶追趕跑跳，不時勾絆雞屎藤狗尾草牽牛花鬼針草，行走遠離山道的深山老林，我是否還能追索那個傳存村落耆老間的耳語傳說？

高雄，大崗山。這座以佛門聖地聞名的丘陵地，前山古剎新廟四處分立，後山卻有石灰岩溶蝕十八洞天。然而，我欲探尋之處卻又不在這十八洞天之列。該洞人喚「銀票洞」，據說日治時代曾有數名歹徒在此印刷僞鈔，卻因不慎走漏消息遭日警就地處決。然則傳奇之處又僅止於此？話說數日之後其中一人的妻子至此探夫，卻在得知丈夫已死後於洞中自盡，自此山村傳言途經銀票洞時偶能見得女子洞口徘徊流連，逢人便問夫婿何在，最後請來山下北極殿玄天上帝好說歹說，才終於得以解決。只是沒有人知道，此番神鬼交鋒所達成協議者，究竟是超渡女魂解怨離去，抑或同意其繼續苦守，只是從此不得再現身茲擾鄉里？

當今科學昌明之世，難道還能相信這等不合時宜的怪力亂神詭譎異說？然則父親亦曾自言昔時上山採釋迦，曾在山間發現一窪水池，池中大魚游動粼光閃閃宛若鎏金。結果，當他採完釋迦歸來時，卻發現水池早已消失，池中大魚更是無影無蹤，所剩者惟泥地裡數個大乎常人的腳印而已。妖耶？精耶？父親至今仍然未能解答，只是言者鑿鑿，我又如何能懷疑故事的虛假？

至於銀票洞的傳說，我曾翻找關於大崗山諸洞天的相關記載，發現幾乎每個山洞皆自有故事，例如顏總洞來自一名顏姓千總爲躲避逃兵追殺而藏入洞中因此得名，而白絲洞則傳說過去該洞曾住有稀有的白絲猴。然而，其中亦有涉於凶殺神怪似銀票洞者，例如朱猛洞說是土匪朱猛藏匿於此，結果慘遭官兵堵洞圍困數日餓死，至此該洞遂成窮凶極惡之地。清涼洞則傳說日治初一名臺南下鄉收租的地主及其兩位轎夫被謀財害命棄屍於此，從此地主陰魂不散直至鄉民撿骨安葬好生超渡，地方才得以恢復安寧……可是銀票洞呢？查閱鄉誌史料盡皆闕如，難道那只是耆老茶餘飯後哄騙兒孫小輩的即興之作？抑或是鄉人爲了守護苦情女子不被打擾，而體貼地將這些故事隱沒在方志之外？

當我佇足於銀票洞口，這些思緒卻又被新添一層的疑問打亂。眼前的山洞前庭開闊明亮、格局寬淺，經年飄落的枯葉鋪蓋地面，僅有若干藤蔓樹根自洞頂垂降而下，陽光普照，並不陰森。這不免令人懷疑，印製假鈔這等不法勾當，又豈能在此顯眼招搖之處進行？走入洞中，四下張望，這才發現右前方處居然洞中有洞。

該洞狹長似甬道，形狀曲折，走入洞中幾不見光。打開手機照明前路，卻驚擾了吊掛於此的蝙蝠群，紛紛振翅飛竄，而腳下鬆軟陷窒難行，竟是堆積頗厚的蝙蝠糞便。原來曲徑通幽，印鈔更在雲深不知處，我持續前行，碩大蝙蝠不時在面前拍風而過，幾次差點撞掉賴以照明的手機，直到看見前方竟有光亮，拔腿奔出後卻發現映入眼簾的竟是一片空曠。

這才驚覺，那條黑暗甬道竟是通往水泥公司的採礦場。採礦機具自山的另一邊造路而上，鑿取山之石灰岩送入工廠製成水泥，自六〇年代至九〇年代，竟能在山間鑿出一片廣場。原來愚公移山，並非神話，夸蛾氏二子連夜遷山，早已說明當人類為了自利而不擇手段時，是如此的鬼神辟易。對照廣場盡頭峭壁之高，不難想像三十年間多少土石已被打包帶走。然則這其中是否也有女子夫婿的點點滴滴？難道，那袋水泥曾沾著男子盜印鈔票時的汗水，而這袋水泥又曾噴濺過男子中槍時撒落的血淚？我不禁如此想像：

夏日清晨，女子獨坐銀票洞口，薄霧漫漶，萬籟俱靜。比起自盡之初的傷怨惶恐，如今她終能放下怨念我執，只願地縛丈夫絕命之處，孤獨地保守一份生死相隨的愛情。

我想像，或許她應該是纖瘦而窈窕的，或許她喜愛將山間的野桂花收進隨身的香囊，喜愛大崗山上的所有花鳥走獸。雖然有時手足無措，但在更多的時候她應該是知禮而溫婉的，總是願意在人們察覺自己之前識趣地隱沒身形。她只求棲身於此，思念丈夫，看盡日出日落，春暖花開。然而有那麼一天：

怪手、堆土機自山下拔山倒樹而來，帶著比印刷假鈔更合法、更具利益的勾當鑿地挖洞，商人自此在山間築起連綿的輸送帶，好將石灰岩快速地送入工廠。接連不絕的槌打、炸裂、坍塌，女子苦守的銀票洞在一陣天搖地動間化爲烏有。她倉皇地想阻止，卻又不得其法，她著急奔走，卻發現原來一旁的山神、土地公也同樣無能爲力。她知道摯愛丈夫的記憶、她所熱愛的山林都將不復得見，因爲那些已然成爲資本家口袋中的花白大鈔。然而，她卻束手無策，只能眼睁睁、眼睁睁地看著，這些神鬼辟易的人。

時移事往，那徘徊於銀票洞的女子想必早已傷心離去。我的造訪，已是停止開採土石的十餘年後，拓平的廣場亂草叢生，原先運送礦產的輸送帶也盡皆傾頹。青苔紅鏽、藤蔓野花，荒廢的礦區在朝陽中不改荒涼，然而傳說，是呀那些傳說如何可考？等在山林裡思念所愛的山鬼如今又將何往？我不知道。或許這些故事都將隨著時間而逐漸被遺忘，而荒廢的礦區也終將隱沒其人爲斧鑿的痕跡，幾十年後，人們終將誤認這裡為自然地貌，一如誤解了人定勝天原來的意義。

然而，傷透了心的山鬼，還能願意回來嗎？

【推薦獎評審意見】

吳晟：其實我的最高分是〈洞天〉，他的整體結構很綿密，不會鬆散脫離，緊扣主題。第二他的文字也很精略，緊扣主題。第三更撼動我，把現在工業愚公移山主題不斷出現，是反思與檢討，且在書寫過程，並無口號或批判。我讀起來，年輕學子能關心到這題材且寫得如此深刻，實屬難得。

房慧真：他仍有批判，結構完整。看出作者下了很多功夫，但轉折處理過度輕易、硬梆梆，雖前後對比強烈，但讀者無法連貫產生別有洞天之感。應更精煉。

闔鴻亞：後半說到工業入侵與自然，此處轉折很美，但有點文白夾雜，會搞不清楚文字與文體角色的落差，且有錯字。

吳晟：我簡單補充，用印假鈔，對比現代財富，印假鈔的命運很悲慘，但用合法採礦盜取卻過得很好。

鄉逢台北

林念慈（中碩三文學組）

如果書寫可以轉化成視覺效果，那描寫台北鐵定是一張LOMO風格的相片，強烈的對比、高度聚焦但疏離，自成一張6×4大小的世界，和相片外的世界無關，但又和每個行人血肉相依。

或者是灰階，或者是黑白，其實台北什麼顏色都有，但以高度近視眼過濾以後，我感覺僅是浮光掠影，無關乎繽紛黯淡，只是一種佇立或徘徊的姿態。

這是一張既時尚，又荒敗的照片，時尚肇因於高速的流動，是我生活的方式，而荒敗卻是一種靜止，在廢墟前凝望自己如何活著，儘管這些形容詞都帶點灰暗，但我明白，連悲喜也無，不過是靜定的觀看，局外人一樣。

在台北生活，僅是一種過程，一種氣息，答案倒不要緊了。

這種活在當下，顯然遊戲人間的態度，大大惹惱了母親，在她的世界裡，亦即往南三百公里外，三十年以前的時空座標上，稻田等待的只是一個斬釘截鐵的答案：播種、耕耘，然後收割。即便遭遇天災，收成不佳也是一個鐵的事實，不可能有模糊地帶，拒絕其他詮釋可能，如果對勞動產生懷疑，這就是一件不可原諒的事。我眺望著那片綠色稻田，感覺到某種滯悶，因爲太寧靜太絕對，失去了線條，僅僅是大片大片的高飽和度色塊，顏色太濃，大面積的平刷著，使人感覺目盲耳鳴。

我和母親的爭執，顯然是一場南北戰爭了。

倒是書寫過幾次南方，且頗有成效，我詫異的是不都說文如其人，心在台北何以能精彩刻畫南方風情，而且每個事件寫得歷歷在目？有時我甚至要懷疑自己究竟居於何方；然而在某文學獎評審講座上，那個以鄉土散文見長的前輩說，我的文章裡有著台北小孩對鄉土的疏離，感覺眞是得一知音，許多人總說我筆下的南方使他們身歷其境，幾乎落淚，他們沒有讀到的，是我文字底下的陌生與惶惑。我對於南方僅僅只是描述，所以有重彩和工筆描繪的種種事件，而我的台北裡沒有情節，只是生活的氛圍，除了感受，我一無所有。

悠緩的時刻，我喜歡一個人搭著公車，在我熟悉的城市裡冒險，強記著每一站的站名以及街道的名稱，長安東路、南京西路、遼寧街、溫州街……，這才明白，自己也在另一個人的鄉愁裡生活著。我看著蜂大咖啡的桶裝餅乾，認出其中一桶是甜美響脆的豬耳朵，感覺嘴饞，但已經和朋友約好了在米朗琪見面，吃不下名聞遐邇的鬆餅可不好；然後我聽說，三毛、白先勇常去的明星咖啡屋，有著經典的俄羅斯菜，在二樓，恰巧適合仰望，那位於對面一樓的城隍廟怎麼辦？不能仰望，我便俯跪，祈求國泰民安，風調雨順吧。

回程，經過重新橋，看一旁巨大的新北大橋展翼如鴿，光影變化彷若黑夜裡的舞台，表演著流浪與歸返，橋下有萬家燈火，在河面上倒映成隆河的星光，那樣斑駁而華麗，原來，是梵谷生命的眞跡，是上一次在國立歷史博物館，錯過的那一幅。

和別人錯身，在台北是司空見慣的小事，我只期許不要錯過了自己。

但面對我忠實的讀者，也就是我的母親，我只能更勤奮的書寫台灣南端，那些水牛河流田野糧倉，因爲母親喜歡我朗讀這些題材，我顯然成爲母親的時光機，由她口述歷史，我來潤筆，母親藉由我的書寫神回故鄉。至於我的歷史，暫時就由自己書寫了，不過由誰下筆，都免不了主觀的後製，如同我臉書那些「雷諾瓦式」的文章，柔焦、美好，英式下午茶的情調，這當然也是台北的面貌之一，但不是核心，誠如我期許別人看見的我，一個台北文藝青年，所以才這樣大量的傾倒那些美食和旅行的經驗，再結合一些生活感思，組裝出蛋糕般的甜美人生吧，然則幽微處呢？最直指生命樣貌的那一點是什麼？

對我來說，可能是在地球衛星上看見的台北盆地，這裡凹聚著我的悲歡離合，我生命的一切都由此輻輳，放射出無數的選擇和經歷，如煙火奔烈，而後寂靜。

當然，這是母親的異鄉，儘管居住時間已經比在故鄉都久，還是一個異鄉，但如何定義一個人的原鄉呢？我看不是熟悉度，否則母親對台北的認知比故鄉都深了，我只能粗略的定義爲：一個平日說起來可喋喋不休且過分美化，一靠近又沉默落淚，但擦完眼淚還是堅持回去看看的地點，或可稱之吧。

每當父親驅車向南，逐漸朝平野寬闊處行去，母親的心思似乎也明朗許多，她總是期待著旭日從地平線緩緩升起，而至金光四射，遍灑大地的景貌，南方沒有藏躲心事的空間，只是直接成爲遊子的心事。我則是開始要命的想念寒流、一線天、高樓以及捷運，當我停留他鄉，竄進我腦海的並非只是台北的便捷，即便是那些不美善的，也囊括在我的懷想裡，因爲這些總和起來，才是我的故鄉。

曾有個年長的學姊，不以爲然的問我：「小孩子一個，又不是離鄉背井，哪來的鄉愁？」

顯見在學姐的設想裡，鄉愁必然是長篇鉅製，要嘛是海峽兩岸五十年，白先勇筆下的台北人；要嘛就是父母親那一輩北上尋夢，討生活的悲情故事，才足以搆上「懷鄉」二字，但我的時代裡，因為便捷的交通，衍生出「輕、薄、短、小」的生活方式，只要和台北拉出一些距離，我就能夠回望，勾勒出家的輪廓。台北或者是許多人的異鄉，高速承載著許多夢碎的故事，但我和它一起成長，台北不是一個夢，而是我眞實踏過的土地，它看著我、狼狽看著我飛揚再起，是我擁抱這世界的起點。

極其年少的時候，因爲求學之路的崎嶇，使得每日上學都成了苦刑，那段困頓歲月，唯一的樂趣，僅是每日從台北橋遠眺圓山飯店，看耀眼晨光披灑朱瓦，一個純東方的傳說，美好而使人嚮往。十八歲那年，因故失學，少年的世界不大，但已經足夠讓一個孩子領會「失去」的感受，我時常在高樓上想像著墜落，因為世人的探問和諷刺都太吵了，而我，無法反駁。是母親在狂風驟雨裡，力排眾議的要我重新開始，對外要力抗別人的好奇眼光，對內要忍受我的劍拔弩張，那時我像一個蟲繭，是全然封閉和拒絕的姿態，但母親擁抱我，擁抱我這隻巨大的刺蝟，讓我們變成一個圓心，一起療傷，再從這個圓心出發。

當然，在療復的過程中，我們難免沮喪，一起散步成為生命裡重要的抒發，我和母親曾在秋日裡，一起仰望人行道上的楓香，也曾在花開滿枝頭時，到陽明山上拜訪春天，看山櫻如軟紅輕煙；當我們衝突時，我也會嘔氣似的進行一個人的旅行，在細雨綿綿的日子裡，到東吳大學聽那雙溪泠泠，或者挑一個當期的藝文展覽，讓自己憤懣不平的情緒，在美感的引領下逐漸舒緩。

我和母親都不會開車，可謂「行路難」，所幸有捷運串聯，運轉著一個忙碌的都市，使之井然有序。我看著指針指向十一點四十八分，再三分鐘往新店的車就要進站，匆忙上了電扶梯，恰到好處的和身旁的人擦身而不碰撞，這節奏彷彿是全城的約定，即便匆忙也保持優雅，如一場絢爛的大河之舞。終於趕在警示聲響起前進入車廂，只剩下一個深藍色的博愛座空著，我道行不夠唯有在旁隨侍，一個外省籍的老爺爺隨即坐下，四顧茫茫，像是在遙望台灣海峽那樣，他的嘴型在虛空中對我發問，我趕忙摘下耳機，才聽出老爺爺濃重的鄉音在問：「這是哪裡？」

這是哪裡？

這一站是台北車站，廣播人員比我更快做出解答，而且各種語言聲腔都有，還重複多次，獨獨沒有老爺爺的鄉音，看著老爺爺無助而張開的嘴，我覺得他好需要一台卡通裡的龍貓車，穿越時空，回到他夢魂所繫的家園。

我的故鄉，是別人的異鄉，關於這點我無法抱歉，因爲台北就是一個活在當下的城市，我們的生活處境無比眞實，新舊迅速交替，從未停止；我們疲憊於自己的奔波，卻絕不埋怨整個城市的前進或後退，我們是一幅沙畫，匯聚多方故事，在完整構圖裡，仍有著粒粒分明的個體性。

台北人尋求的不是結果，因爲這是一個充滿各種可能的城市，有許多的別離，還有無數的遇合。我們實踐著每天的生活，只因爲彼此對生命美感的追求，而讓那些復刻的尋常日子，有了各種的面貌，但不管面目爲何，櫛比鱗次的屋簷下，是小市民的平凡心事，你我有之，看似最最高調絢爛的台北生涯裡，也僅是曬棉被時抖落的灰塵，那般家常，溫暖而使人喜悅。

我愛戀台北，並非只因爲那一座又一座美麗的斜張橋，或是無數的咖啡館，而是母親在這個城市裡撫育我，讓我有能量在滾滾紅塵裡奔馳，即便受傷，也有母親的愛使我脫胎重生。母親的南方裡壓根沒有我，但我的台北是我們所共同擁有的，近三十年相攜走過的那些巷道，看，那一整排的眷村老屋，仍然保有昔日的溫暖，磚牆疊連著磚牆，每隔兩三步就懸掛一盆綠意；還有紅底白條的木門上，釘掛著綠色的信箱，以及深藍色的門牌；牆裡還立著木瓜、九重葛和高大的樟樹，看著地上的落花，也可猜知牆裡還有紫丁香和玫瑰，一陣風吹，洩露了門內有桂花的秘密。

所以母親啊，妳所鍾愛的南方家園，並非是因爲那些稻草人斗笠牛頭袋仔或者小雜貨店，那是因爲記掛著外公外婆，和那璀璨的年少歲月，才把艱辛的歲月都釀出蜜來，在黃昏時無盡回甘；誠如我雖傷痕累累，害怕鄰里的私語，深怕不能合乎社會的規範，更憂愁生活中的挫敗和停滯不前，但攜手走過的美好點滴，緩解了生活的高度擠壓和衝撞，讓我能夠把自己的孤獨安置好，而自成美麗。

所以也請母親原諒，我愛著這個，我們相遇的城市。

【佳作評審意見】

吳晟：重新處理兩岸相處，這樣的題材很有時代性，但有個小問題，明星咖啡屋，三毛跟白先勇，但三毛有嗎？插個題外話，我從初四就常坐在明星咖啡館樓下，但我從未上樓，所以我沒成爲台北文學主流，就差一段樓梯。

閻鴻亞：情感傳達很好，鄉愁到底是怎麼一回事？但結構鬆散，某一段把主題講完，其他段又絮絮叨叨，看了很多次，斷定它結構鬆散。有些比喻很怪，例如台北像Lomo風的相片，Lomo的意念說台北，意念不具強烈說服力，有點做作。後面梵谷畫意念信手拈來，如刪掉三分之一劇情，緊湊點會比較好。

房慧真：他有顛覆性，例如地方風情，很多參賽者會限制，例如屏東就寫屏東的鄉土民情，此處鄉愁很明顯爲她母親的鄉愁，但這鄉愁有成爲他的鄉愁嗎？現在高鐵回家可能一個半小時，不同於以往，高雄可當天來回，現在年輕人這樣寫鄉愁是否有點矯情，他有顛覆，以往的鄉愁不等於現在的鄉愁，例如明星咖啡屋，他可能是個反撲之類的。有些句子我蠻喜歡的，不陳腔濫調，雖然剪裁布局有問題，但可能是以意識流或鬆散的方式，我覺得那些還蠻好的。

等車

曾貴麟（中文二A）

等待是用各有所屬的時間，互相換取。

這座城市的雨似乎還沒要停止，雨季、空位與零碎的腳步使得下午像是讀不完的長篇小說，時間仿若被延滯成沒有盡頭的虛線，所有細節變得相當清楚，行人與行李在轉運站的大廳陸續走過，等車時間裡，週遭的事物按部就班進行，雨聲是待續情節。

自從k離去後，我就很少說話。k是個善於安排的人，相信生活就像是一部作品，所有的台詞與行爲，必定暗喻或接續了過往與之後的所要發生的事，認爲處在的環境都是生活的展臺，必須懂得背後的寓意，行事曆對她而言，就是最安全的房間，每次的整裡，使各個傢俱回到更適當的位置與裝潢，每次的移動，都關係著她與時間，「世界所發生的任何件小事，都無法視爲單獨討論的偶發事件。」她說，因此她使我們兩人的生活相當明確、規律。

每次獨處時我總會想到ｋ，想到那些具有節奏感的日子，所有的作息都附有備註，問題都獲得解釋，滿檔行程，沒有等待時的空白，「等待是對於安排的失序，設想欠缺周全，好比誤點的列車。」她對於生活抱持潔癖。像事情從未超乎預期，像被安撫、馴服而從未預期其他例外。

闔上手邊沒讀完的書，心裡想著小說可能的結尾，看著車票，已經超出了發車時間，車還沒來。此時的情境令我想起了孩提時期，自己總是落單的孩子，騎樓下等雨停，數著腳步聆聽漫長下午在知覺上的起伏，看著來往的車輛，確認每班車的顏色與車款，心想可能有熟悉的身影，在附近減緩了速度，他們可能不是我等待的目的，但總讓年幼的我感到安心，無須心急，父母的時鐘經常誤點，但最後還是會來，把我接回去的。

等車使我變得安靜，讓我漸漸知道，時間才是眞正的布局者，所有事情都在這時緩慢的被複習，在看似重覆的日子裡，又稍微變個不一樣，街道上的人擁有各自的時間，在事情發生前，他們都還有各種可能。

自獨居於台北後，從前的習慣都面臨著被更動的陣痛。ｋ將她自身的時間贈與了我，對我進行對生活的指導，仔細聽她調度我的行程，她溫柔輕盈，將零零碎碎的片刻逐一搜集命名，區別爲工作日與休假日，有些時間叫作間奏，有些名之爲休止符。喜歡聽k羅列各式各樣的事項，像是偶爾攤開曝曬底片，端看、重整每日的行事曆，這樣的作息就像身爲大城市的市民本能，作息機械式的維持整體的供輸，深怕意外。

我的房間是小型工作室，座落於郊區的小公寓，隔音並不理想，鄰近的車聲與人聲格外清晰，感覺能夠透視環繞於四周的物體，但它們卻無法得知房間內的秘密，獨自居住的日子裡，這幾坪的空間就像我的小宇宙，k並不常過來，也因此保持了這裡的私密感，形成獨立的時區，任何言語與眼神，都像是投擲於沉默的靜景畫中，每每我都是唯一的說者，也是唯一的聽者；最後睡著的人，最初進入夢境的人。這裡無須規則與排列，它應該被野放自由，亦從房間窺探到我體內的約略的輪廓。

在房間裡的工作是偶爾撰寫專欄與寫作，覓尋文字過程需要靈感與故事，兩者都需要足夠的耐心與契機，經常整個晚上去等待文字的降落，與其說是等待不如說期待，以這樣的心情即使整晚都是空等，那也不太令人失望，因此養成了失眠的慣性，k認爲失眠是最不划算的，無法估計數著睡眠的羊隻，多麼焦慮呀，但無人的房間裡，並不是大礙，因爲所有度過的分秒，都會經由房間回到記憶，歷經回憶的存取後成爲屋宅的一部分。這將是個漫長的處理，房屋內也有許多正在進行的時間，正在播放的音樂，祥和的空氣，燃起的菸，它們彷若活物，各自擁有運行的軌跡，雖然我僅有無聲的字句，但在漫長失眠裡，仍能知覺夜晚時光正在體內跑動，疲倦與待退的菸癮像是觸覺輕輕梳理著我，窗外的街燈好比是星光，夜中房間所有的時間聚集併攏，成為眞空的密室，彷若整個空間只跟我一個人對談。

逐漸入睡，抵達只有夢境才會出現的城市，已經打烊過後的街道，看見父母親的車輛緩行於身旁，k牽起了年幼時的我，共同放牧著睡前悉數的羊群，每班客運離開了轉運站，像是分針般的移動，在寂靜的市中心穩定馳乘，我們一同遊行，走在星光鋪排成的道路，走回從前的家鄉，在一片空地躺下，告訴k，至今仍計算著她離去後的日子，對我而言近似長久的役期，等待眞正能脫離某個習慣的一天，「其實，我們的生活就是整個等待的歷程。我們並不能飼養、控制時光，但就像未完的小說，總因那些還沒發生的結局，而因任何的可能性感到安心呀。」我凝視著微笑的k。

長久以來我像個害怕獨處的孩童，總在行程的塡空題裡找尋自己擺放的位置，但獨居的房間中我看見時間的縮影，時間又是所有偶然與必然的總合，家中的每樣傢俱都是那樣和諧的共處，「譬如花也要不停地傳遞下去，繞過語意的深淵，回去簡單，來到現在—永無止境的現在。」醒來後我想起了夏宇的詩句，明白我依然需要回到現實、故鄉與童年，他們不可能重新展開，但已成爲我走過的時間，只需要安穩的被記憶收容，而k也是，她可能只是某個習慣，某個等待的過程，或年幼時的那個我。

書本剛被收入書包，車正好進站，心裡掛念劇情的種種可能，想著這班列車或許能沿著記憶的邊沿行駛回去，回到那年的騎樓與k相遇；此時雨終於停了，在等待紅綠燈時，聽見一陣急促的聲響，我明白是龐大的時間隨著日光持續行走，偶然經過同一個路口，帶著澄清、透明無比的情緒穿越我。

【佳作評審意見】

房慧真：〈等車〉這篇我滿喜歡也給很高分，他的文字經營方面很明顯突出，有些句子會讓人想畫紅線，具有哲理性，裡面說時間與等待，類似意識流，以意識流方式說等待的過程，如果只看一次抓不到說什麼，多看幾次以後會有意猶未盡之感。

閻鴻亞：隱藏劇情很有意思，一直圍繞著隱藏人物，自己的生活圍繞著K。

對不起，謝謝

潘思妮（中文一B）

傍晚時分，拖著工作了一整天的疲憊身心回家，雙腳還未踏進家門，便感覺到不一樣的氣氛。

嚴肅的父親坐在客廳的中國式椅子上，似乎在等著我。門打開了，父親沒看我，只是若有所思地問我說：「阿思，你要不要去讀書？」不知怎麼的，可能是太累了，我當時第一反應說：「要。」父親問：「那你想讀什麼科系？」我一股腦地說了許多想要的科系與去台灣。父親說：「把工作辭了，找找學校，去讀書吧！」我興奮地跑上樓，忽然腦中浮現了剛剛父親沉重的面容，也回想起六年前因爲不想父母親辛苦所以自己放棄了升學的機會，但剛才在父親面前的喜悅便出賣了自己藏在心裡多年的秘密，心中感到一陣的懊悔，不禁流下眼淚。

六年前，當時的我是高中三年級，中學最後一年的我和朋友們，對於未來大家心中都充滿著憧憬。但在一個偶然的下午，從母親口中得知父親爲了我們一家的生計一直很辛苦，但擔心我們會有壓力，所以都不讓我們知道，母親可能是太辛苦了，所以無意地向我發了牢騷，但卻改變了我的一生。我在家中排行第三，上有一個姐姐一個哥哥在上大學，下有一個弟弟一個妹妹在中學，父親一向重視我們的教育，都讓我們上較有規律的私立學校，而學費方面也比一般學校高出許多。

父親常說因自己小時候家裡窮，下課時都幫同學抄筆記以賺取微薄的零用錢，再不然就是因尷尬沒錢買食物，所以下課時都躲在廁所不敢出來。父親深深感受到那樣的苦，所以我們家雖經濟並不理想，但父親從來不讓我們餓著肚子，給足我們零用錢，讓我們受最好的教育，穿的雖然不是什麼名牌，但也從不愁穿。我們只要生病，不管是大病小病，父親都一定帶我們去較好的診所，有好幾次都因爲沒錢，而向親戚借錢看病。還不懂事的我們也常聽到親戚們的閒言閒語，說都沒錢還帶我們去好的醫院等的閒話，但他們何嘗不知道父親視我們如他的生命。只要我們開口要學費，父親不管多困難，隔天便把學費遞給我們。我們雖窮，但在外人眼裡看來，都以爲我們是有錢人家的孩子。雖然這些我們都懂，但當時不懂事的我們，也不會去細想。

直到經母親這麼一說，我的夢一下被敲醒了。當時的父親已快要六十歲了，我怎麼能再裝不知道他的困難呢？於是我放棄了高中最重要的升學考試，讓自己的夢徹底破碎，一心只想減輕家裡的負擔。中學畢業後我就急著找工作，而父親還是希望我繼續升學，但我一再的拒絕，父親又見我考的不理想也有點生氣，加上經濟確實困難，也就不再勉強我了。但我知道父親內心一直覺得很愧疚。

就業後，性格一向刁蠻任性的我，不知怎麼的更是變本加厲。雖是自己放棄升學的機會，但心裡總有個心結，可能覺得家裡欠我的似的，常與父母發生衝突。父親脾氣向來不好，我們雖然怕他，但知道孩子就是他的弱點，他從來不曾動手打過我們。記得有一次與父親發生了嚴重的衝突，從不曾動手打我們的父親，因我過分的頂撞，父親握緊拳頭衝上樓準備教訓我，如果不是我馬上閉嘴，相信自己會成爲家裡第一個被父親打的孩子。雖聰明的我及時閉嘴，但當時的我恨透了父親，不顧他的反對我換了份工作，不讓他載送我上下班，一直步行越過那他覺得很危險的馬路，有好幾次都被他瞧見，長達兩個月不與他說話。終究父母像是上輩子欠了兒女似的，父親一直很擔心我常穿越在那如虎口的車輛間。一天早晨，父親見我要出門時，趕快穿好上衣，主動和我說：

「那馬路好危險，我載你去上班吧！」當時我臉上完全的得意，不顧已走出來準備開車送我去上班的父親，頭也不回大步的自己走了。完全可以想像到在我身後一臉茫然落寞的父親心裡的難過，但卻控制不了自己的無知與殘忍，走出來的我不禁懊悔難過地哭了，心裡想著：我怎麼能這樣。隔天早上，我便主動問父親說：「要載我去上班嗎？」父親只答了一聲：「嗯。」但見他開心的拿了鑰匙，一路上我們都沒交談，但知道我與父親長達兩個月的冷戰已經停止了。之後的我，還是經常與父母起衝突，但他們都忍讓著我。每一次的衝突後，自己都很後悔，但在當下卻控制不了自己的情緒，之後索性認爲少與父母交談，就可減少不必要的衝突。現在回想起當時的自己，確實有想打一個響亮的巴掌在自己臉上。

在樓上流著淚的我，納悶爲什麼父親會突然問我升學的事。後知道原來父親無意中在與姐姐弟弟們說起我沒有積蓄的問題，弟弟說因爲我沒學歷所以薪資不高以至沒積蓄，而也從姐姐口中得知我六年前爲什麼會放棄學業的原因。聽姐姐說，父親知道後，難過地在拭淚，內疚不已。聽到了這些，埋藏在內心幾年的心結不知怎麼地一下都被解開了。想著現在不升學也沒關係了，何況父母已這把年紀了，好不容易最小的妹妹都快畢業了，是父母該享福的時候了，我怎麼能再讓他們為我的學費煩惱呢？況且姐姐弟弟都在遠離家鄉的城市工作，哥哥也已成家，打算幾年後搬出去住，家裡只剩下他們兩老，我怎麼能扔下他們到國外留學呢？所以和父親說我不想升學了，但擔心父親內疚，始終沒把再次放棄升學的原因告訴他。我說：「爸爸，我沒怪你，你不要覺得內疚。」每次說到此處眼淚就不聽使喚的流下。父親說：「我知道，只是……。」我知道他心裡很內疚。他說：「姐姐哥哥弟弟妹妹都有上大學啊！多讀一點書，將來你不會那麼辛苦。」他在擔心我的未來……。

自從父親知道了我當時放棄升學的眞正原因後，不知怎麼的，我們就不常起衝突了。或許因為他的內疚，讓他更寬容我的過錯，也或許是埋藏在自己內心多年不甘心的心結已釋懷，明白父母親的辛苦，而變得懂事了。之後的四年裡，父親因對我的愧疚，買了一輛汽車送給我，但他始終覺得還是要讓我去升學。所以不管我怎麼拒絕，他一直不放棄地為我找學校，看他如此地為我奔波，讓我明白只要我沒升學，他的愧疚感會一直存在。最終在很倉促的情況下，我報名了台灣的大學，當天晚上臨睡前我哭了，因為實在放不下家裡。

弟弟私下問我是否準備好要去留學的心情，我無奈地搖搖頭。弟弟便和父親商量，說父親一直希望我去讀書，但有沒有考慮過我到底想不想去。隔天又是在我下班回到家時，父親便叫了我坐下來，弟弟也在旁。父親說：「昨晚聽了小弟的話，爸爸一整夜睡不著，老在想小弟的話。你現在要去讀書，到底面對什麼問題，你說出來。」我沉默著。父親說：「你一定要說出來，爸爸才可以幫你解決。」一聽到我又讓父親煩惱，一直想強忍著不哭，但始終還是淚流滿面地說：「姐姐弟弟妹妹都在新加坡工作，哥哥過幾年又要搬出去住了，家裡只剩下你們兩個老人家，冷清清的。」父親便說：「這有什麼關係，哥哥要搬出去住那是幾年後的事情，到時你已經回來了。何況你現在雖在家，但多數時間你都在樓上，也沒陪爸爸媽媽看戲，你又不敢一個人在家，我和媽媽晚上要出門都不放心，如果你去台灣，我們要去哪裡就去哪裡，可以到處去聽歌，那豈不是更好，這根本不是問題，你還有什麼問題？」我沒好氣地說：「還有錢啊！你又沒工作了，怎麼負擔我的學費？」父親說：「爸爸少買點萬字票，兄弟姐妹們都各出一點你在台灣的生活費，錢也不是問題，還有呢？」這時弟弟也在一旁附和著說：「錢不是問題。」我說：「我擔心留學回來後，要求會更高，到時又有一定的年齡，找工作會有困難。」父親說：「去升學只是讓你學更多的知識，將來你要做回現在的本行也無所謂，這也不是問題，還有呢？」我說：「我都這麼多年沒讀書了，擔心會跟不上。」父親說：「讀書只是讓你獲得更多的知識，不要有壓力，考試考的不好不要緊，在多讀一年兩年都沒關係，你只需要在那輕鬆地過你的校園生活。如果到時眞的不想讀回來也沒關係，不用擔心被人嘲笑，還有呢？」我說：「我不獨立啊！」父親說：「那就要學啊！到了那邊，脾氣要改，要與人交朋友。」父親說得我啞口無言。接著說：「你要把問題說出來，我們才可以幫你解決，不要老一個人想，想來想去都是錯的。」我沉默著，頓時覺得我的問題都不是問題了。

而在還沒收到大學錄取通知前，父親因擔心不一定會被錄取，所以又找了好幾間大學做候補。在收到錄取通知後，更是陪著我一直奔波於手續方面的事情。每每陪著我辦手續時，年老的父親總是蹣跚地跟在我後頭。不禁讓我想起了朱自清的〈背影〉，「蹣跚」這個詞也是在讀過此篇文章後就不曾忘記，因害怕這樣的動作遲早會出現在我眼前，如今〈背影〉的種種畫面都歷歷在目。到台灣的日子一天一天的接近，心裡越是忐忑不安。離開前幾個星期的夜晚都偷偷地流淚，才知道原來是自己一直離不開家裡。

我們必須從馬來西亞乘長途巴士到新加坡，再從新加坡搭飛機到台灣。因路途遙遠，擔心父母會辛苦，也害怕自己一路上會煎熬，所以叫他們不用送我到新加坡，但他總是不放心說沒關係。父親是個仔細的人，最後的幾天很不放心地一直叮嚀我所有大大小小的事情，最後一天更是檢查了我所有的行旅。我們是凌晨三點需啓程，知道當晚他完全沒安心地睡，深怕誤了時間。在前往新加坡的途中，可以感覺到父母都睡得很不安穩，我的心裡很是難過，只有星月瞧見了我滿臉的淚珠。到了機場，姐姐妹妹也來送機，待一切都辦妥後，父親還是一再重覆叮嚀我所有的事。姐姐知道我害怕看背影，便說：「待會我們看你的背影。」我笑了……。終於到了登機時刻，好想擁抱我的家人，但知道自己會哭，不想讓他們擔心，所以頭也不回地一路走進登機門，直到最後一眼轉彎的地方我才望向他們與他們揮手道別，這時淚水已決堤了……。

剛到台灣的我，有許多地方都不適應與不習慣，老是不禁流淚。尤其是當與父親通話時，聲音總是哽咽，和兄弟姐妹通話時更是哭的不像樣，但叫他們不可以和父母說免得他們擔心。後想想，家人要我來台灣是想讓我快樂，自己絕不能再這樣難過下去，於是便努力地適應這的一切。

最近和家裡通電話時，父親總囑咐我生病要馬上去看醫生，別省這些錢，要到處去走走看看，別老待在家裡，學業方面更別給自己壓力，順其自然便是。父親是個嚴肅的人，平時也甚少與我們說笑，所以我們心裡就算多想對父親說聲謝謝，但卻總開不了口。心裡好想對父親說：謝謝和對不起，請原諒曾經那麼不懂事的自己。雖心裡還總惦記著家裡，但也學會了獨立。只願在遠方的家人一切安康，尤其是父母，定要健健康康，平平安安地等著我回去好好的孝順你們……。

【佳作評審意見】

閻鴻亞：〈對不起，謝謝〉文字功力明顯不足，結尾也明顯八股，但中間在說父子關係還滿到位的。中間有說不想爸爸再上班，後來還是讓他去，父子關係就融化了。文章就是個載體，把想說的話說出來，重要的觀點、情感，明顯勝過其他文章。

第四章
小說

PART 04

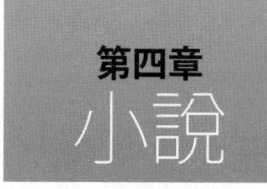

小說組評審介紹

林俊穎　老師

一九六〇年生於彰化。政治大學中文系畢業，紐約市立大學QueensCollege大眾傳播碩士。小說家，曾任東華大學駐校作家。曾任職報社、電視台、廣告公司。作品有：著有小說集《善女人》、《玫瑰阿修羅》、《大暑》、《是誰在唱歌》、《焚燒創世紀》、《夏夜微笑》，散文集《日出在遠方》。

高翊峰　老師

小說家，《FHM》（男人幫）國際中文版雜誌總編輯。中國文化大學法律系畢業。曾從事雜誌編輯、廣告文案，以及編劇工作。雜誌工作曾擔任《Cosmopolitan》副總編輯、《GQ》雜誌副總編輯，以及《MAXIM》中國版雜誌編輯總監。文字作品曾獲得林榮三文學獎、聯合報文學獎、時報文學獎、中央日報文學獎等四大報文學獎。改編同名小說《肉身蛾》獲得金鐘獎迷你劇集「最佳編劇獎」。出版品有《家，這個牢籠》、《肉身蛾》、《傷疤引子》、《奔馳在美麗的光裡》、《一公克的憂傷》等短篇集。近期則有長篇小說《幻艙》、短篇小說集《烏鴉燒》。

鍾文音　老師

雲林縣二崙鄉人，畢業於淡江大學大眾傳播學系，曾於美國紐約藝術學生聯盟研習油畫創作兩年。曾任電影劇照師、場記、《聯合報》記者、《自由時報》記者，自二〇〇〇年專職寫作至今，現為職業作家。被譽為1990年代崛起的優秀小說家，曾獲得十多項臺灣重要文學獎，包括中國文藝獎章、聯合報短篇小說獎、聯合報散文獎、中國時報短篇小說獎、長榮旅行文學獎、華航旅行文學獎、吳三連獎、林榮三文學獎等，作品已出版二十餘冊。

早餐室的聚會

楊秀君（法文三A）

1.

他在清晨的五點半醒來，這五天內，他經常失眠。失眠的原因可能僅僅是他的專屬理髮師把他後腦勺的髮型修剪的不夠完美、在陽明山的別墅少了一幅讓客廳更顯高雅的白色油畫又或者是和家人在晚上八點半的家庭聚會。每當早起的時候，他花很多時間在想他接下來要做什麼，並且感受他腦袋裡面真正的空白。在空白與空白中他還是可以找到縫隙去想接下來要做的每件事，呼吸的聲音讓周圍所有一切變得遙遠而沉默。至少他自己是這麼想的。

他向窗外望去，眺望寂靜的清晨景色，感受陽明山早晨濕潤的風，以及又深又遠的山。從他家院子裡面的小灌木，往前看一點是混合林，再去是綠的像珊瑚的山峰，直至遙遠的天空。那些未開放的山中小徑裡，可以看到許多穿著整齊的人，正在緩緩的跑著。幾輛載著生鮮貨品的貨車，從他家門前飛快的經過，一些剛從城裡俱樂部開出的跑車，紛紛沿著山路往上開。台北的天空是灰濛濛的一片，帶著山上的霧。世界上最莊嚴的景色，是陽明山被烈日照亮的瞬間，不會有任何東西使他的腦內啡分泌的如此多又快速，或許任何地方的清晨被照亮的瞬間都是他所推崇的，使空虛即刻被填滿，進而有種美好的錯覺，然後人們開始嫌棄夏天的烈日，他也不例外。他開始想，在台北的第二個月的今天，他要做些什麼事。然後他想到了，他要和從巴黎回來的妹妹吃午餐。

他打開衣櫃，拿出黑色的針織毛衣，穿上牛仔褲和高筒皮鞋。從二樓下到一樓，打開電視新聞，並點上一根香菸。電視新聞嘈雜的播放資深媒體人的離婚官司。走到起居室抖掉毛衣上的菸灰，他把肺裝滿香菸，滿到不能再滿，再吐出，感受菸霧確實滲透到他肺的表層細胞，他感到頭暈，但也清醒了許多。在寬敞的客廳漫步，簡潔的室內空間充滿水泥構造，廚房的黑色磁磚發亮，浴室中的白色大理石倒映著他的臉。每當睡眠不足早起的時候，他都會這樣檢視他的家裡，好紓緩精疲力竭與不安。

起居室播放著薩提的鋼琴曲子。他撫摸頭上兩側長出來的頭髮，他不滿意他們總是太軟，無法服貼在頭皮上，而且長太快。整個別墅他都很滿意，除了老舊的鐵柵欄大門，古銅色的，而且在每個鐵條的最上方有古典的裝飾物，鐵條數是質數，共有79個。這是和附近別墅完全不同的地方，他一直想換成電子的木製大門，就像瑞典高級別墅會有的那種，他打算下個禮拜就去訂一個。

他走到別墅對面隱身在灌木叢中的車庫，望著這個佔地廣闊的洋房，讓它和周遭的景物無限延伸直到融爲一體，看起來就像個扁平的三角形，而大門並不在正中央，並且沒有想像的那麼大，他並不認爲這是一種缺陷，因爲既然每一樣事物都有缺陷，一個門不在正中間的別墅就不算是缺陷了。他看著別墅與周遭景物的寬度，想像他和它們是連接的，並且他是處於他們之中的邊界部分，邊界可以連接外部空間也可以直達內部空間，並且包含了兩者。他曾經在慢跑的時候想過這個問題，他喜歡邊界，邊界代表了「遊走」、「國界」、「上限」、「下限」、「平均值」、「標準」，邊界包含了這些概念，他也喜歡自己就是一個邊界。

他慢慢發動了嶄新的保時捷911跑車，並且瞧了路上許多轎車。他在空檔時猛採油門，讓引擎發出嘶吼。他並不在乎車子的性能，也對車廠的保養計畫沒有興趣。他喜歡這台跑車的原因就只是它的流線造型與盾牌標誌，跑車本身就給予人們的既定印象，當油門一踩所造成的風速，足以讓人啞口無言。

在快速道路上，他從副駕駛座的手套箱拿出了太陽眼鏡戴上。他在十點半必須到機場接他的妹妹，他妹妹在巴黎讀企業管理，並且在一家創投公司裡工作。想像著他們見面的情景，並在腦中演練千百遍。同時拼湊他妹妹的打扮與長相，這讓他在長長的車陣中打發時間。

他和妹妹每個禮拜都會通電話，不著痕跡的打探彼此的生活，聊他們兩個共同的記憶，其中包括他們的母親、父親以及他們生長地。距離今天十一年前，他們在機場道別。他想起母親當年漠然的臉，以及父親矯情的道別。至此之後，他們四人彼此的關係，就像一首很長的詩，中間充滿了白色與灰色，那些顏色的轉換，就像週期循環一樣，三個禮拜一次、三個月一次、一年一次、三年一次、五年一次，每當顏色的轉換，就像所有衝擊力撞在同一個表面上，表面產生了灰色，再緩慢的變成白色，這是所有衝擊力相互抵消所形成的平衡狀態，讓他進入一種眞空狀態。然後他整個人就像血液被放乾一樣跪在地上，讓他足以深深的喘口氣。

他長久以來一直扮演「邊界」，並且演的很好。在母親與妹妹間、父親與母親間、父親與妹妹間，他遊走自如。但在與母親之間，他無法扮演「邊界」。他與母親，如同兩個高速移動的粒子，在表面間來回衝撞，表面不但會爆炸，還會燃燒殆盡。最初那表面回復的非常快速，並且光滑而富有彈性，而後表面變得疲乏，當表面消失以後，兩顆粒子就此停滯。這個說法甚至可以運用到他妹妹與母親的關係，和他父親與母親的關係。他自己從未有一分鐘相信過，表面消失了就會永遠消失，它應該隨著漫長等待而出現。

2.

車子奔馳在高速公路上。

他以時速一三〇公里以上的速度駕駛著。他冷靜的超越前面任何一台車子，周圍的景物像印象派畫作一樣，只剩下質感與顏色，失去形狀。他被洶湧的引擎聲包圍，他一度有種錯覺，以爲那是一種弦樂與薩克斯風的合奏，包含著不安與哀愁，就像原住民獵野豬的儀式，令人恐懼。他的背後發涼，心跳加速，這使他口乾舌燥，對，他強烈的需要一些香菸。

他在雜貨店裡買了一包菸，一盒巧克力棒，兩袋蘋果和一串香蕉。在櫃檯前方翻閱今天的報紙，報導著有關小規模戰爭即將開打的消息。老闆的圓框眼鏡倒映出他鬍子刮的發青的臉，貨架角落有一隻巨大的老鼠跑到路上的水溝裡面。

機場的草坪修剪的非常平整，周圍的房子異常破爛，三不五時會響起刺耳的噪音。他喜歡這個機場，因爲他並不雄偉，彷彿他所有去過其他的機場都是爲了雄偉而雄偉似的。雄偉對他來說是種風格，他終其一生都不會喜歡風格，風格就好像一種病毒，可怕的地方在於容易取得，但不易擺脫。他身邊所有的人們終其一生在追求風格，他認爲追求風格本身就是種罪惡行爲。

廣播中傳來晨間節目的聲音。

「你怎樣安排你令人稱羨的生活？」主持人問。

「我吃素，我致力於安排我的時間，我的一天或許是人們的一個月，且我行善。」

「這是否就是你的生活風格？」

「或許可以這樣說，我努力經營自己，讓自己隨時維持在最好狀態。」

「你的意思是，最好的就是你的生活風格。」

「對，我會……我會毫不猶疑地告訴你，我不能忍受我的生活有半點瑕疵，人們常說我年輕又聰明，像一隻飢餓的貓。」

他點燃一根香菸，看著菸霧和景物交疊在一起。並且思考著他和這位名人的共通性和差別。後來他想通了，他沒有名氣。他並不廣爲大眾所知，他所有經營的現在都成爲了過去，就在當下的幾秒經過以後，曾經的現在都不會留下任何東西。他這一輩子一直努力想成爲具有深度與力量的人，並且不戴帽子，穿著深色西裝。

這也是他母親時常告誡他的。擁有財富並不代表具有任何影響力，可影響力卻能帶來財富。這個世界的法則是由財閥與政治家規定的，他們在逐漸升高的財富中調整自己的重量和規模，他永遠無法也沒有意願成爲他們其中一員，他腦袋裡有個明確的聲音告訴他。儘管他已經擁有了人們來生才能擁有的財富，他的生活並沒有任何改變。

他的生存目標一直是追求純粹，這並非因爲哪種遙不可及或深不可測的理由。因爲他知道他在追求純粹的同時，甚至可以達到他所有的目標。他享受一切簡化過的事物，可他並不是一位極簡主義者。他不在意即將被斷電的別墅，因爲他積欠了三個月的電費，但他卻很在意他的室內脫鞋，必須是卡通圖案的，或者是長滿絨毛的顏色飽和的室內脫鞋。他或許也不在意沒有接到他秘書的緊急電話，但他卻很在意他在早餐店看到的八卦雜誌上的關於好萊塢的報導，他後悔沒有把那本雜誌帶走。一位極簡主義者並不會有這樣的行爲，至少在他們精簡的腦袋中，他們追求的是一種高張的精神能量，而不是一些額外的瑣事，那些瑣事應該外包給那些品味下流，長相痴呆的人類才對。至少他就認識好幾位這樣的極簡主義者，這是一種統稱，他把那些精神能量很強的特定人們定義成極簡主義者。其中不乏建築師、醫師、大學教授、高級公務員、心理醫師、室內環境規劃師、高級時裝店經理等等。在他的排名下，政治家榮登第一，一位總統呼風喚雨的能力沒有人可以匹敵，他相信君主專制的制度並未消失，它用完全不同的形態再次出現在世人面前。財閥的金錢，不管在任何時代都有擊倒任何一切的力量，且這種力量永不變質。他羨慕這些人類的光環。他親眼看過一個名媛，是在世的財閥千金，光是那個女人的頭髮，就散著一種金光，脂粉未施的的臉上有著傲人的輕鬆表情，他就僅僅站在路旁，周圍的能量就都被她吸去了，他以往見過的那些極簡主義者並沒有這樣的能耐，風格永遠可以模仿，能量永遠無法複製，而且能量不滅。

機場的迎賓大廳走來一個輕鬆的女人，穿著高級套裝，有著介於東西方的明顯輪廓。他很高興他妹妹的樣子從小到大都沒有改變，她的美帶著一種，有時感覺和他很親近，有時距離很遙遠的味道。一種明亮和耐人尋味的特質在他身上表露無遺。他面對她一開始只是淺淺的微笑，後來開始大笑起來，笑到所有的人往他們這個方向看。他無法抗拒這種停不下來的笑意，而他妹妹皺著眉頭報以相同但沒有聲音的笑。他們互相擁抱並親密的貼臉頰，就好像一直以來的那樣。

車上播放著管樂和弦樂合奏的現代音樂，天空充滿厚重的烏雲，他妹妹在車上點起菸。

台北市的髒亂與陳舊，在進入市區以後，從他與妹妹的記憶亂流裡面竄出來，這種特殊的時刻，往往只有他和妹妹相聚在一起的時候，記憶和景物的屏幕才緩慢的在腦海中升起。尤其破敗的房子與鮮豔的舊招牌，老舊的廉價旅舍與車水馬龍的一條街夜市，所有舊時代所建的公園與無數的高架橋，那種陳舊記憶的狀態，起初是一點一點的覆蓋在腦門上，後來變成線連結了所有一切，最後形成籠罩頭顱的一張面，他們兩個都感覺到一種溫暖的水慢慢的注入了身體裡面。他們一路往東邊開去，他們喜歡到有林蔭大道的地方，那裡有無數的人，和數以百計的餐廳。

他們在一處隱身在舊公寓中間的早餐室停下來，並且選擇坐在靠路邊的溫室，這樣他們好隨時吸菸。二十五歲以前他們每個禮拜至少會來這裡吸一次菸和點他們鍾愛的雙蛋火腿土司，並且在這裡認識很多很多台北的特殊人士。他同時在這裡了解物以類聚的道理，並且親眼確認。店門口總是停滿高級跑車，空氣中瀰漫著香菸的刺鼻臭味，偶爾會有詭異的植物燒焦味，讓人沉迷在早餐室的獨特氣味中。

他們從很久以前就相信，他們家的人或許都屬於這類特殊人士。

他們的母親是平面設計公司負責人，主宰了市場上百分之四十以上的書籍與唱片設計，底下有兩百名員工爲她做事，而公司股份大部分不屬於她。她爲她的老闆控管金錢與營運，定期會報公司的營運狀況。他父親經營一家高檔的法式餐廳，販售松露製成的鹹派以及肥美的公鴨肉。

在他上高中以後他更能精準的觀察出他們家中一些微妙的變化，那些變化精準的呼應了他父母的出身，以及他們各自的特殊之處。他父親曾經破產過，並爲金錢所拖累。他母親從那一個知道事實的瞬間，所有他母親眼下的事物都陷入了瘋狂。他那善良溫順的父親，日漸泡沫化，成爲一個行屍走肉之人。他和她妹妹度過了一個怪異的、強迫性的十年。正式宣告了他母親成爲一位強人，一位家庭的政治家與財閥，而通常隨之而來的是近乎狂熱的控制。這樣的情況，隨時發生在他們的愛情、課業、與工作上。

他永遠可以感受到他母親在他心中的份量，像一顆很重並且無法測量的隕石，卡在他的肋骨上。這種極端讓他的腎上腺素隨時待命，雙眼眞的可以受到蒙蔽，他痛恨這種暫時性失明。他母親憤恨不平的那種世界觀，奇特的在某些特定時機出現在耳邊，是金錢這種至高無上的力量與標記，定義了人類的眞正意義。於是他最終斷了和母親的一切連結。唯一剩下的是每個月她會收到的銀行對帳單。

這證明了他雖然目前被定義爲有錢人，但他並不是典型的有錢人。他沒有猶豫的認爲眞正的有錢人，在十六世紀就應該是有錢人，然後一直到二十一世紀甚至到三十五世紀都應該是有錢人，那些金錢以任何穩固的形式存在，股票、債券、土地、房產。從二十一世紀開始累積資產的才不是他所謂的有錢人，那只能算是擁有比較多現金的一般人。他認眞的思考著，一千五百年之後，那些落腳於臺北的大財團，他們累積的資產早就可以買下宇宙上任何一個星球，只可惜美國或中國的大財團會出比他們更高的價錢。至於那些擁有比較多現金的平凡人，好比他那破產的父親，就會被當做中產階級。據人們的說法，中產階級擁有安定、較高薪酬的工作，在現代社會對社會的發展和穩定起很大的作用。他唯一覺得這句話需要更正的地方，就是他所處的世代並不是一個現代社會，而是後現代社會。現代社會跟後現代社會的差別在於，現代社會強調功能，後現代社會強調風格。也就是說，他仔細解讀這個變化，便是人們從一個科學的世界，進化到一個科學儀器與實驗衣的世界。更精確的說是，現代社會的人們從操作與設計實驗來得到結果與成就感，後現代社會的人們從購買足夠顯示他能力與身分的器材（通常所費不貲）以及好看的實驗衣與內搭襯衫來獲得肯定與榮耀感。

他有時很高興自己是個中產階級後代，有時卻希望他是個可以隻手遮天的人。他喜歡坐在手工的木製座椅上，用放在白色大理石餐桌上的無線電話，遙控他手下的任何人做事。例如他的秘書，是一個有漂亮五官，重達七十五公斤的肥妹。每次他的秘書向他討論所有的工作事項的時候，她都會用熱切並且關愛的眼神看著他，他知道她想要什麼，但他只會在腦海裡面用力的幹著她，並且報以她親切而且深刻的微笑。在下雨天的午後跟胖妹做愛又有什麼大不了？他總是這麼想。那不過是一連串的抽插動作，當然他還是會深情的閉上眼吻著她，並且不用想像她是任何人，她就是個讓他勃起的胖妹。但沒有一次他眞的狠狠的幹她。那是一種溫文儒雅的幻想。他知道自己喜歡與胖妹爲伍，他喜歡那些精明的胖妹，而不是放逐自我的胖妹。他喜歡聽她們低沉的嗓音，呢喃著一些專業術語，也喜歡她們豪氣的開香檳的模樣，他也喜歡她們在高級餐廳享有不用排隊的特權。最重要的是他喜歡她們不甩旁人非議堅持自己的大塊頭體型，尤其是這一點，讓他鄙視他身旁那些噁心的厭食症女孩。他喜歡花費他所有的閒暇時間跟肥妹約會，不牽扯性的約會。這讓他自在並且滿足到無以復加，因爲那些胖妹總是隨他所欲。只有在這個時候，他覺得自己是個清純派。

他妹妹戳破了雙蛋之中的一個蛋黃，鹹腥的蛋黃流淌在白色磁盤的邊緣，鮮嫩火腿冒出油膩的蒸汽。一種安適的氣蘊從他面前的女人散發出來。

「這次回來停多久?」他問。

「大概又是五個禮拜。巴黎讓人恐懼又絕望。」

「那倒是沒錯，巴黎一向是高貴的令人俯首稱臣。」

「是的，你形容的沒錯，我反而覺得這形容我們的母親很貼切。」

「你是說我們的母親像巴黎一樣。」

「對，你可以這麼說，混沌而難以捉摸。」

接下來的瞬間他們兩個同時伸出手去拿桌上的香菸，他們兩個都用鼻子笑出聲來。他妹妹拿出精緻的鍍金打火機，幫他點上菸。

於是他們兩個開始像老菸槍一樣呑雲吐霧。頓時間早餐室的煙霧瀰漫，比陽光還要刺眼的多。這樣的情景也出現在一九九九年的早餐聚會，與會的成員有他母親、父親還有他妹妹。那年他和妹妹早就開始抽菸了，他們訝異的是，原來他們的母親也抽菸。

3.

他們在趕時間。

下午的車陣在他們開上高速公路上之後達到前所未有的高峰。冗長的車陣中，每一輛車的車窗內擠滿了面無表情、空洞的面孔，這種超級大塞車並非史無前例，但也絕不常見。他們猜想或許某個基金會又在辦愚蠢的募款活動，裡面充滿了拿著柏金包的貴婦，也有可能是總統要參加某個名人的葬禮。他們必須在六點以前到達郊區的老人院，探訪他們的外婆。後車廂塞滿了東西，從水果到營養食品不一而足。豐田轎車的空調發出嗡嗡聲，車內的廉價塑膠內裝散出一種人工臭味。收費站的收費員仰起不可一世的長臉，收走他手上的回數票，郊區特有的青草味充滿了轎車。過了這個收費站之後，塞車紓緩許多，快速移動的車流以及夕陽讓他們覺得好像身處夢境，他猛踩油門，搖搖擺擺的抵達老人院的門口。

老人院是一幢低矮的白色建築，埋藏在一片低矮的灌木林之間，對面全部是些私人耕作的農田。老人院呈現一個回字型，中間有一個老舊的涼亭，上面爬滿了牽牛花，中間放了幾張休閒沙發以及兩張桌球桌，有一種原始的違合感。一到吃飯時間，帶著怪異氣味的老人被輪椅推到中庭，先是兩三人，然後是幾十人，很快被老人塡滿，這些男男女女像病菌一樣滿佈在中庭。他們在人群中找尋他們的外婆，一個身材嬌小，理著平頭的老人。他們在一件破爛花襯衫的背影中，看到了凸出的肩胛骨，以及後腦勺尾端的蜷曲黑髮。她背對著他們。然後他們走到她面前，湊近她，幾乎要碰到她的鼻尖，並且對他問好。她咧開嘴，一陣濃烈的惡臭傳來，就好像她背後藏了一具屍體。他們坐在她旁邊，開始空洞的眼神交會。不久之後，他們開始點菸。

他們並不否認和外婆的感情不深。他們的外婆不識字，滿口汙穢的語言並且易怒。他們想起上次來這邊的時候，他們的外婆指著一個身體硬朗的老農婦說：「她欠人幹。」，類似的情況一再發生，眾人對她也就見怪不怪。他們很好奇外婆的出身，但他們的母親從來不提外婆。

當他們抽起第二根菸的同時，外婆跟他們要菸。他們從來不知道外婆會抽菸，她瞇著細小的眼睛，眼睛流出一些黃色的膿湯。他們對外婆總是抱持著一種敬畏的態度，用以掩飾他們對外婆的陌生。其實她手抖的拿不住菸，他只好幫他拿著。他有種感覺，他外婆以前抽菸抽得非常兇。他覺得她床底下一定滿是菸屁股。她從不超過十顆牙齒的口腔內噴出大小不一的煙霧顆粒，好像發出一種喃喃的自言自語，不遠處有一個患有精神病的老人，發出淒慘的嚎叫聲。後來他們聞到一股青屎味，外婆大便已經滿出來了，他們叫來親切的菲律賓籍護士。

他們發現以前外婆的鄰居就坐在紗門旁邊，他拿了一顆烤好的栗子請她吃。那個女人梳著經典的半屛山頭，燙的精緻的捲髮顯示她的愛美特質，就像那些專注於美貌而忽略一切的女孩一樣。她因爲糖尿病，不得不在不到六十歲的年紀住進這個養老院，但她很顯然沒有任何時刻放鬆她對美貌的堅持，雖然她妝畫的十分爛。或許他們對這位鄰居的認識比他們外婆還要深刻，因爲至少她願意開口跟他們聊天，而且她識字。他們就只是無聊的講一些客套話，然後聊到他們外婆的退化以及古怪。

「你應該常來看看她的。」她說。

「我試著這麼做，但你知道我和妹妹都在準備出國讀書，沒有多餘的時間。」

「你的外婆情況不是那麼好，總是惡夢連連，我幾乎已經不認識她了。」

「我總是覺得老人到一個年紀以後，就開始無止盡的退化，好像被流沙吞噬的沙漠商隊。」

「她以前並不是那樣，她以前再怎麼說也算是很有姿色的女人。那時候的茶室生意是靠她來的。」

他不明白茶室的概念是什麼，然後他懂了。他點起一根菸。

天色已經落入陰鬱，高空中直線飛行的戰鬥機傳出又悶又重的嗡嗡聲。車子緩緩駛出老人院，後視鏡中映出老人院院長穿著針織墨綠色毛衣的背影，有著亟欲擺脫這塊深黑色的區塊的渴求。每次離開老人院，他們必須試著適應重新被界定的不同空氣，帶有一種荒腔走板的意味。當他回到高速公路上，那種惱人的浪漫氣息已經漸漸的淡化。

下交流道之後，一種出自人類意識的薄暮在城市與街道之間閃閃發光，幻覺與回憶合而為一，他在高中時常有這種感覺。他在當下所感受到的氣味與聲音，會再之後捲土重來，用各種不同的形式。他甚至想要隨時抓住這種感受，這種感受太珍貴，以致於他總是猶豫他是否該訓練自己凝聚精神來製造這種屏障，以阻擋所有惱人的事物的同時，也害怕太常使用這項技能，會讓他的感受趨於平淡。他認為這種技能應該拿來當做娛樂用途，或者更高等的場合使用，而不適合拿來當做阻擋煩惱的工具。他有時莫名的興奮，有時卻冷靜到異常，這兩者通常在很短的時間內發生，他不知道高興還是悲傷。因爲他尖銳到發光的洞察力，讓他時常處於飽和狀態。他在面對人群的同時，體內有一股浪潮，已經快要把他推倒了。

【首獎評審意見】

高翊峰：〈早餐室的聚會〉這篇我很喜歡，但這裡頭還是有些過於散文化的問題，且對話的方式有點像機器人。我總覺得兄妹的對話怎麼會在這種情況下進行，這是比較大的問題。

林俊穎：雖想對有錢人進行嘲諷，但我覺得這裡面對有錢人的想像太流於刻板印象。我覺得後面對出身貧賤的外婆的張力，反而那地方比較打動我。但要重提一下，小說結構分配布局有缺陷。

Animal

朱妍蓁（中文二A）

「你活著，是爲了什麼?」

課堂上，韓老師隔著鏡片，以無法猜測的表情看著我。

「我不知道。」

我回答。

「怎麼會不知道呢!你活著，就是爲了貢獻養育你的社會啊!」

他厲聲斥責。周遭傳來訕笑的氣氛。

「對你的人生積極一點!就算不積極，也該有點夢想啊!」

說得正義凜然彷彿對學生充滿關心，一臉樂在其中。我見到那無聲的嗤鼻。

「不知道，這算什麼答案啊。」

老師的嘟囔正式允許大家哄堂大笑。我除了站著默默承受做爲這堂課的串場小丑之外，別無選擇。

「行了行了，坐下吧。」

他刻意露出失望的苦笑，然後像是爲了彌補感慨似的故作認眞，更致力於課上。

我不知道。這爲什麼不能是答案呢？

大人總是告訴我們，誕生到這世界的我們是新生的希望，代表著未來。未來就是要讓世界更美好、對社會有所回饋，所以盡心盡力地拉拔我們。但他們從不解釋爲什麼是這樣運作的。是因爲他們也是這樣被教導下來的嗎？還是單純只是他們下意識對這一切都太過理所當然的世界憤懣的宣洩？如果眞是如此，那一切就如無法跳脫的輪迴，我們不斷地在沒有出口的牢籠中打轉，只是盲目地重蹈覆轍而已。

「陳子勳，陳子勳！」

老師那幾近威嚇的叫喊並沒有得到回應。他晃了晃腦袋，眼神接著掠過同學的頭頂，最後落在第二排最後一個的空位上。

「今天陳子勳沒來嗎？」

他顯得很掃興。從以前他就特別喜歡找陳子勳：並不是因爲他的名字好記。

帶著眼鏡，圓滾的身形透露十足的敦厚，每次說話他就會露出老實過頭的微笑。這就是陳子勳，沒有其他可說。

「他今天請病假。」

班長如實回答。周圍頓時響起一點不懷好意的窸窣。

「聽說他這次病得很重耶。好像得了水痘還是什麼的。」

似乎好幾天沒來了吧？

「呵，我看他是不敢來吧。」

不理會那微小的竊論，老師只是淡淡的啊一聲，

「是嗎，眞可惜。老師可是很想念他呢。」

然後他繼續平板地說著生物的進化史。

「現在，有誰要上來回答這個問題？」

老師敲敲黑板，一臉像在挑釁無知。不過，當副班長靜靜舉起手，長滿橫肉的臉反倒諂媚起來。

「哦，小瑩嗎？上來吧。」

她如往常沒有笑容，步步沉著地走上講台，拿起黑板溝槽中斷掉的短粉

筆，一筆一劃地把答案刻刮在綠色的表面。一些碎屑隨著筆頭的磨合如雪花沿面滑落。最後，那變得更短的粉筆被那纖細的手指以輕柔的動作放回了溝槽。她掉頭再一步步回座。

簡直跟機械娃娃一樣。

老師打量一下黑板，轉身就鼓起掌來。

「正確答案！做得很好喔小瑩！」

大家也都跟著這樣做，少數還發出小小的歡呼，宛如在慶祝什麼天大喜事。

小瑩——吳黛瑩禮貌性地點點頭，依舊面無表情。

一直以來她就是這樣：不曾笑過，也沒有出現其他變化。唯一見到的就是現在這張石雕似的生硬表情。不過，漂亮的事物，他們又有誰會在乎當中的生死之分？

嬌小纖細，彷彿磨得細滑的石膏般的肌膚及小而挺的鼻樑；唇是淡潤的粉紅。如透藍玻璃珠的眼周圍貼著細密好似羽絨的睫毛，還有一頭過腰柔順的金褐色捲髮，並不時閃著美麗的光澤。

一個太過精美的等身法國娃娃，怎麼能不受喜愛？

然而，對她我並沒有抱持和其他人一樣的好感。雖然她不會和其他人一樣起哄嘲笑，但她也如同對世間無動於衷的石頭，連基本的喜怒哀樂都不存在。等同娃娃，僅有外表是和人類共通的地方。

經過漫長乏味的浸染，終於在放學鐘響後得到解脫。待人潮漸散漸少，最後只剩金紅燦爛的黃昏和無數拉長的靜影。

該去保健室了。

闃寂的走廊上我踽踽獨行。一格格切割工整的窗透著纁黃，在地上落成散發光芒的踏腳石。天花板上吊著的螢光燈仍舊昏黑一片。

我一直都很享受這樣的感覺。無聊的一天下來，真正唯一讓人感到高興的時候，便是現在。沒有任何人、沒有吵鬧歡笑，彷彿在這被鋼筋水泥包圍的建物世界裡，僅僅剩下的只有自己和沉默存在。

此外，我還能見到王老師。

盡頭，我站在那與陰影同樣黯淡的保健室門前。微微吁了口氣，舉起手輕敲幾下。裡頭傳來微弱的回應。我伸手轉開門把。

消毒水的味道湧上鼻頭。窗外斜陽的光毫無預警地從旁撲來，刺痛了我的眼睛。

「你來啦，楊同學。」

「王老師。」

我回應。她在夕陽下看起來好美。

「坐下吧，我檢查一下。」

老師露出以往令人放心的微笑，拍拍面前小小的皮凳子。我依話走過去坐下。她眯起眼端詳，一面叫我張嘴，一面問我上課的情形。我總是用普通做為開頭，然後提到課堂的內容、韓老師、還有陳子勳。但這些事情實在很枯燥，又加上我時常說得斷斷續續，我都很擔心老師其實覺得很無聊。不過，她總是掛著沉穩的笑容，回應我的每字每句，並使對話變得有趣起來。這也是我喜歡王老師的其中一點。

檢查完後，她輕輕托住我的手臂，在上頭縛上了橡皮條，然後捏著鑷子夾起了那團溢出帶點嗆鼻酒精香的棉球，朝內肘的皮膚擦拭。霎時傳來又涼又熱的矛盾感覺。

「忍耐一下喔。」

她說著，手上裝著透明液體的針筒已經往薄紅的地方扎去。

瞬間的刺痛。我眼睜睜地看著細細的銀針埋進自己的肌膚下，感覺唐突又好似沒有實感。只見針筒內的流質漸漸乾空。

「好了。」

她又舉著鑷子銜起乾淨的棉花壓在紅點上，針頭終於退出來。我熟練地曲起手臂。

雖然每次來只是爲了挨這一劑營養針，但只要能見到王老師的話，這一切都顯得值得了。

回過神，周圍已經是夜與月的時刻。

我躺在房間的床上，仰頭面對著冷色的天花板。

我忘了我是什麼時候到家的。每次和王老師見面之後，我老是在恍惚。

眼皮有點沉重。我剛剛似乎睡了好一陣子。

繼續睡吧。因爲忍不住惺忪，我再度闔上了眼。

曚曨之中，一片潔淨到狂狷的空間赫然出現在眼前。

我的呼吸聲有些濃濁。周圍發出機械運作的聲響。呆板的節奏中偶爾參雜了腳步聲經過，從小到大、從大到小，在視線中這淨白的空間迴響。實際的距離似乎有點遠。縱然我能聽聞視野，身子卻絲毫動彈不得。

這時我注意到，當中瀰漫著刻意壓制下去、但仍無法完全消弭的藥水味。好像病房，但擠在眼角擺滿瓶罐的牆櫃卻又像是身在實驗室。

無法瞧見的一旁突然發出不明的嗡嗡作響。毫無感情、尖苛的聲音。我忽地心生恐懼。

不要，不要過來。

但那個東西還是探了過來：詭異的黑色眼珠位於正中央，當中細長的瞳孔刺探似的不停地轉動，一下子縮進裡頭，不一會兒又從上面驟然落下；底下狹長的部分抽動不斷，似是他的口鼻正一吸一吐著。

它伸出了那隻根根過長的手。

不要、不要！

彷彿被人挖去了喉頭般，只有內心得以發狂的呼喊。

手指的渾圓骨節在繃緊的螢光藍皮下嶙峋突出，表面又平滑得找不到任何一絲血管，頂端還有鐵灰如銼刀尖頭的彎曲指甲。

那東西猛然刺向我的瞬間。

驚醒，伴隨著冷汗和胸口劇烈的起伏。抹掉汗水努力平復呼吸之後，我往床頭望去。

18:21:14

意外地並沒有睡很久。我帶點艱難地挺起上身，緊接著一陣噁心排山倒海地湧上、暈眩了平衡，因而跌回床上，不住乾嘔。唾沫連同酸臭沾染了枕邊。

我不能自我地抱著肚子抽搐。胃酸蝕咬著喉嚨、痙攣遏抑身上所有的肌肉，封殺了哭叫。釋放不出的淚水和呻吟模糊了眼前的桌椅跟床緣。

好痛、好難過……老師、救我……！

內心不斷吶喊，彷彿這麼做的話就能撐過去。但是，我的意識始終沒辦法堅持下去，被眼前猛然襲來的黑暗一下子吞沒。

隱隱的嗡嗡聲不曾間斷過。

「起來！居然敢在我的課上睡覺！」

我睜眼，只見到灰暗的桌面和自己交錯的手掌胳膊。

剛剛，是夢嗎？

「作了什麼好夢嗎，楊同學？」

抬頭，韓老師一臉不懷好意。

我竟然在他的課上睡著了。

見我沒有回答，老師逕自下了一開始就打算好的結論而「啊」地起頭，「一定是作了那種夢吧。像你們這種年紀是很常見的事，別在意啊。」

沒有人會不知道他口中的那種夢指的是什麼。男生發出誇張的笑聲，女生則投來異樣的眼光，竊笑或私語。我只能低著頭，無處可看地盯著被雙手圈住的桌面。

「你啊，就是老是一臉陰沉的樣子，都沒和別人交流，才會老想著那種事吧？」

接著他發出喂喂的苦笑，一副「你得了吧！」那樣無奈又戲謔的表情。

「交不到朋友，至少多用點腦袋在課上吧！」

在四周壓抑下來的笑聲中，老師不在乎地走開。

明明不是這樣，爲什麼要在這當下說出這種話？然而，我也不知道該怎麼反駁，只有抱著難受的情緒與氣氛僵持。

終於，漫長的一天結束了。失去人影、渲染在茜色的校園又是安靜得寂家。我走在狹長的迴廊上，比起平常格外匆促的跫音更是驅使我向著保健室前進。

好想見王老師。

例行公事地敲門、轉開了門把。

「你來啦，楊同學。」

看到老師的笑容，先前的不安和難過也在一瞬間消散了。

「來，坐吧。」

她拍拍面前的皮凳。我坐了下來。

「今天感覺如何呢？」

一如往常的回答。她的手輕扶著我的下巴仔細的檢查。我很喜歡她撫摸我的感覺；很像在對待易碎物品一樣的小心，還有那漂亮的指尖傳達過來的溫暖，以及柔軟。

「今天看起來好多了。」

檢查完後，她笑著摸摸我的頭，像是對長久以來沒有蹺掉檢查的獎勵。

「那，今天課上得怎麼樣了？」

老師的關心卻讓我猶豫。上課時間睡著、做了惡夢，還被韓老師還有同學譏笑，這些丟臉的事情說了，她會不會也笑我？

「怎麼了？」

老師的笑靨溫柔得令人想傾訴。

一開口，我再也止不住。就連噩夢中的夢也說了。

老師什麼也沒說，和平時一樣專心地聽我說完一切。之後，她蹙著眉表示憐憫的神色，手輕輕地擺在我的手背上。

「這樣啊。那眞是難爲你了呢。」

頓了頓，老師似乎想替我打起精神而笑了笑，

「如果還有夢到那個奇怪的夢中夢的話，記得告訴我喔。」

那笑容好像有哪裡不一樣。不過，卻還是讓人感到放心。

「今天就先到這裡吧。老師還有點事，可能沒辦法再陪你聊天了，抱歉。」

老師在煩惱。我並不想造成老師的困擾。

「沒關係。明天見，老師。」

我回答。

「明天見。」

白色、白色、白色。一切所見的只有令人瘋狂的白。

依樣沉重帶點吃力的呼吸。周圍運作著生硬的鏗鏘重複。蹬音錯雜其中而使的不成樂章的節奏特別凌亂不堪。僅有意識連結的軀體無法挪動分毫。如亡魂般徘徊不去的藥水味。不明的嗡嗡鼓噪。螢光藍皮的東西探來，金屬指甲。恐懼的刹那。

再度睜開眼睛：又是房間天花板的那片空白，以及全身盜汗。

又夢到了那個奇怪的空間。仰身，疲憊地瞥了一眼床頭上的鬧鐘。

18:21:14

晚上六點多。我又是從什麼時候開始睡了，睡了多久？我全然沒有頭緒。然而，正當我困惑、不經意轉頭的瞬間，那突如其來、不應存在的陰影頓時嚇著了我。其中最讓我恐懼的，是多出的那塊陰影的肇端。

那是吳黛瑩，而且不知道爲什麼穿著病服。

細緻的臉龐在月光之下發白得可怕。那雙好似玻璃的藍眼彷佛無法轉動一樣，僵硬的視線直直定在我身上。可是，無論我想怎麼避開，明明沒在動的眼神卻好像在我身上黏牢了一樣如影隨形，怎麼甩都甩不掉。

喀噠，喀噠，喀噠，

那是秒針的前進，抑或是人偶細細的指節澀滯扭動的聲響？

她一步一步遲緩地走過來，每個動作都如木偶般生硬。我害怕得無處可逃，後背只能迫切的貼在牆上。此時，她那張近白泛青的唇瓣張張合合，宛若缺水要窒息的魚瀕死的模樣。

嘎啊，嘎啊，

她發出奇怪混濁的呼吸，美麗的眼睛圓瞪著顯得狂亂，不，還是兩邊的面頰越漸乾癟；手臂、身體也急遽萎縮，完全貼合出細小的骨骼形狀。原本豐盈柔順的髮絲霎時枯黃，隨著一次一次的顫動絡絡抖落。

那具頃刻間成了行屍走肉的東西朝我伸出只剩白皮包裹的手骨用力攫住我的肩膀，那張髑髏撞上我的臉。

我連尖叫都發不出。

嘎啊，嘎啊，

腐臭的吐息噴來，熱氣濺上了臉感覺好像被塗了毒。

槁灰的嘴唇不斷開閉，口腔內的舌頭牙齦也是糙燥的粉白，鈍角鬆散的牙齒發黃如土。我驚恐得推開對方，但碰觸對方肩膀的瞬間，清楚摸到骨頭的凹凸和堅硬，心頭一陣噁心讓我猶豫了。緊接著她喀的頭顱一歪，血盆大口的剎那。

嗡嗡聲在耳邊大作。

意識過來的時候，在教室中兀立的我成了安靜的焦點。

又是噩夢。

「你叫什麼啊，嚇死人了！」

講台上的韓老師一臉惶遽的瞪著我。

我似乎還尖叫過。一想到那樣的失態，我赧然低下頭。

「又給我在課堂上睡覺？啊啊，眞是的，你去外面站著，清醒了再回來！」

老師現在比平常還厭煩。我也想趕快避開大家的目光連忙離坐，迅速地通過了學生同座位圍成的狹隘走道。經過某個位子旁邊，那頭閃著光輝的金褐還是吸引了視線一瞥，下一刻腦海卻呈現它變得稀疏焦黃、並暴露出粗糙的頭皮，噁心感又不禁浮了上來，因而更加快了腳步。

所幸地，吳黛瑩對我連看都沒看。若是再對上那雙眼睛，總覺得她會立刻變成那具像乾屍的東西撲來，我說不定眞的會尖叫。

來到外頭靜悄的長廊，我背對著窗站立。雖然偶爾能感受到一點視線刺著後背，但隔著的片片玻璃削弱了當中的不善，感覺比在教室中自在了許多。心情平定下來，我不經意的朝教室的後頭看了一眼：第二排尾巴的位子空著。

陳子勳，今天也沒來。

放學了。我踱步在橙黑相間的迴廊，來到了這時只屬於我的秘密基地。

「你來啦，楊同學。」

和平時一樣的微笑。總是拯救了我的笑容。

經過例行的檢查、打針，王老師接著主動問起了課上的事。

「聽韓老師說，你今天又在課堂上睡著啦？而且還大叫著醒來。是夢到什麼嗎？」

她提起的時候，我忍不住羞赧的低下頭。好丟臉，竟然先被老師知道了。明明不想讓她知道的。雖然上一次有跟老師傾吐過噩夢的事，但今天發生的我眞的不希望老師知道。

不想被她認爲我很膽小。

「是上次一樣的夢嗎？」

她問道。我搖搖頭。刻意地安靜了一會兒。

「怎麼了嗎？」

她很快察覺到我的異狀。但我只是重覆一樣的動作。過了一段時間，老師輕輕握住了我擱在腿上的手。

「你別擔心，老師不會笑你的。」

我抬頭，老師還是掛著那沉穩的笑。

「老師一直都知道你是很堅強的孩子喔。」

面對這樣的老師，我只能簡短地說了。但我並沒有提到吳黛瑩。

聽我說完，老師苦笑了一下，

也眞是難爲你了呢。

最後，我們道別。

關上門之際，我突然意識到周遭那模糊微弱的嗡嗡聲。

應該是耳鳴吧。

沒有再夢到那個詭異的地方。但這回卻是痛熱催醒了我。上方浸在夜色的天花板變得歪曲，而且眼前佈滿了淡紅亮白的斑駁不斷地閃爍。

好暈，好熱。全身發痛。我難耐地翻身，雙手握緊肩膀抱著自己。但觸及之處傳來凹凸不平的異樣感。到處都是，多得令人驚慌。

我才知道自己起了疹子。

這時我只有不斷想著王老師並緊擁住身體，直到意識把持不住地漸漸喪失。

迷濛之中，眼角忽然冒出一團蒼白。那團蒼白隨著怪異的喘息聲起伏，並且傳來濃烈的臭味。

結果，還是在夢中嗎：那個吳黛瑩變成的怪物出現了。但現在即使在這夢裡，我還是一樣忍著病痛。而且，我已經沒有餘力逃走，也擠不出心思害怕：自己現在也半死不活，它這時把我殺了搞不好還痛快一點。

然而，它卻沒有任何動作，唯獨大力地呼吸以及與我瞠目相視。

你喜歡看別人痛苦是嗎？

被痛楚折磨出怒意的我忍不住說道。但它卻像是耳聾一樣，完全沒有反應。

你不是想殺了我嗎，還不快點。

讓我解脫痛苦。可是它依然沒有回應，除了費勁的吐息。這一點還和原本的吳黛瑩一樣，對任何事都無動於衷。

這時候眼前變得更加昏花，一下子那團望著我的死白變得零散，彷彿要掩蓋住我的視線。感覺到對方呼來令人嫌惡的氣息變得更強烈了。就在此時，我發現當中夾雜一絲出奇熟悉的味道——

——是消毒水。因爲王老師的關係，我對這股味道變得特別敏感。雖然不如保健室裡頭來得嗆鼻，卻有點濃。事實上，平常到處都瀰漫著這幾乎麻木的氣味：大概是學校很注重環境的整潔。雖然從來沒看到有人打掃過。

不過，爲什麼它會有這種味道？我困惑著，然後忍受那股惡臭大膽地嗅了幾次。

差點反胃要吐出來，忍不住乾嘔幾聲。不過，至少釐清了一點：那味道更正確來說，是從它身上散發出來。從它套著的病服、甚至渾身包裹著的乾澀肌膚。

此時，忽地唐突一拉：它緊緊攫住我的肩膀，逼迫我直視那張枯槁幾近死亡的面孔。開閉那對宛若嚴重褪色的唇瓣，當中死灰的舌尖隨著嘶啞微微震顫。不斷重複。

彷彿想說什麼。

但突然越漸強烈的耳鳴吞噬了它哀傷的氣音。

最後一絲的意識掃落在電子鐘面上。

18:21:14

嗡嗡聲連同黑暗掩蓋了一切。

「喂！我的課是有那麼好睡嗎！」

韓老師的咆哮。我慌忙的從座位上站起來，低著頭緘默。他連連重嘆幾口氣，

「根本不想說你了。你給我出去。」

他今天完全沒有心情嘲弄。在眾人注視之下，我離開自己的位子往後門走去。下一刻，底下出奇不意的絆到了什麼而險些跌倒的向前跳走了幾步。

「哎呀，眞可惜。」

背後有人平淡的說道。接著是鞋底慢慢拖回去的摩擦聲和吃吃竊笑。

譁眾取寵似的行爲。但我卻無以反駁，不論言語或行動。只是抿著嘴出了

教室。

背對玻璃窗，我回想著那再次出現那個怪物的夢。

那口乾癟的嘴僵硬的張合，咿咿呀呀的粗聲伴隨著腐爛的吐息。

那時候，它想說什麼。

想到此，我忍不住瞥向了窗後的那頭閃耀金髮的所在。她如以往彷彿一心所向的面向黑板：但卻無法確信她是否眞的擁有靈魂這樣的東西。

到底想跟我說什麼？

但那只是夢，我不應該這麼放在心上。

然而強烈的不安令我無法不去介意。

移開視線到另一邊，不經意看見了第二排最後的空座位。

那個位子似乎空著很久的樣子。

黃昏絢爛與枯乏黑影交錯，鮮明了彼此的色彩。

「今天怎麼了？好像很沒精神呢。」

王老師在抽回針壓著我的內肘時關心的問道。總是察覺到我的心情。

「沒什麼。」

我搖搖頭，回答。我能感覺到王老師投來的安靜凝視。

「你有任何事情都可以跟老師說喔。」

王老師一向沉穩溫柔的回應。我抬頭：那漂亮的嘴唇總是掛著令人安心的微笑。

「眞的沒事喔。」

我說道，想著用笑容掩飾過去。那只是夢而已。不能再麻煩老師了。

「是嗎。」

老師沒有再問下去了。但也許是緊張的關係，這時耳際產生隱隱耳鳴。

「今天就到這裡吧。」

我從皮凳站起來。嗡嗡聲一次比一次強烈。

「明天見。」

一陣頭痛欲裂和悶熱難耐得我睜開眼睛。

又是一成不變的夜晚。全身因爲熱度變得敏感發痛。完全堵塞的鼻子導致粗重的喘息。

這次，它出現在床邊，蹲靠著對我乾瞪眼。

呵，還眞不意外啊。

我說道，艱難的翻過身朝向它。鼻塞令我僥倖的聞不到那身惡臭，比起先前能夠更爲坦然面對那張可怖的臉。不過，說不定是我的錯覺：這個吳黛瑩變成的怪物的眼神似乎比在課堂上看到的還要澄澈具有光彩。

「你，爲什麼一直出現在這裡？」

即使我早已知道得不到回應，我還是禁不住問道。

它依舊發出苟延殘喘的呼吸，微微動了動那彷彿乾屍的軀體。

接著，一塊隨著呼吸微微閃動的東西頓時引起了我的注意。銀色，像是鐵片的東西。因爲看不清楚，我下意識伸出手。不過，對方像是一尊不動的雕像一樣沒有閃避，不，反而似乎在等待著。

難道，它是故意要我看的？

指尖的冰涼一瞬間讓人有觸電的錯覺。我小心翼翼地摸搓著，感受浮凸的表面。

好像寫了什麼。好奇趨使下，我的手指隨著邊緣仔細地描繪。可能是因爲現在看不清楚的緣故，其他感官反倒變得敏銳起來。

有個部分印得特別大，應該是開頭，可以輕易的判斷出是數字「4」。

接下來不停地反覆默識，慢慢分別找出了後面的數字：『1』、『5』、「2」、「5」、「6」、「1」，最後是「4」。

41525914

一組數字。是編號？但好像有哪裡不對。我是不是忽略了什麼？我繼續用手指，甚至指甲，輕輕刮著突出的邊緣。這時鐵片已經變得溫熱。

終於，我找出了那不對勁的原因——是間距。每個數字之間都有固定的距離，但在「2」、「5」，還有最後面的「1」、「4」之間卻明顯變得很窄，幾乎連在一起。爲什麼？不一下子，我頓悟。

這四個數字要個別視爲兩個數字才對。

41525914

不過，另一個問題也同時產生了：爲什麼要刻意分開？如果是編號的話，就完全沒有這樣的必要。難道這些數字代表了什麼嗎？

我試著找出他們之間的關連性，但昏熱讓我的意識完全沒辦法集中。

突然，一陣強力的拉扯。那個怪物緊緊抓住了我的右腕。傳來的疼痛才讓我想起一直存在於身上的病狀。但我甩不開它。它接著另外伸出了食指，那灰色看似硬石般的指甲戳進了我的內腕。我痛得大叫，卻還是無力掙脫。它逕自用力地抓刮，刨開了皮膚碾破了紅疹，膿血不斷地冒出。

疼痛和病苦的交迫下，我失去了意識。

又是嗡嗡聲迴盪著。

「喂！給我起來！」

韓老師的吼叫驚醒了我。一抬頭，就赫然見到老師扭曲的臉。

「搞什麼啊，現在連課都還沒開始你就給我睡。」

他揚起下巴，冷冷地睨視。

「不要再給我熬夜做什麼見不得人的事喔。」

哄堂大笑。老師不理會，轉身走回了講台。面對教室，他清了清嗓子，

今天有轉學生來，大家可要多多關照他！

老師接著轉向門口喊道，

喂，進來吧。

一個生疏的面孔便依話踏進了教室，先在黑板寫下了自己的名字，然後面向我們。

「大家好，我是謝哲安，以後請多多指教。」

「好了，謝同學，歡迎你成爲這個教室的一員。你就坐那裡吧，以後那就是你的位子。」

謝哲安點點頭，便走到第二排最後一個位子。

「好了，現在開始上課。」

說完，老師翻開了書本。

終於從漫長中解脫。教室裡一列列空無一人。

差不多要去保健室了。我想著，撐起雙手要從座位上站起來之際，右臂霎時傳來鈍疼劇痛。我疑惑，左手輕輕碰了碰腕部，又是一陣確切的痛楚。

好像有傷口。我謹愼地挽起袖子。慢慢地蒼白的皮膚漸露。

上面竟然有血痕。看起來像是用指甲硬生生地刨出來的。我瞇起眼端詳好一會兒，看出了歪七扭八的數字。

182114

瞬間我全身顫慄。

原來，這一切都不是夢！吳黛瑩變成的怪物、生病……就連那塊詭譎的空間，也不是夢……？

但是，那又會是什麼呢？我現在所在的這裡，又是什麼？

一時間我覺得我瘋了。但是，我卻再也找不出其他的解釋。

心底那不曾意識到的黑暗無意間被殘酷地揭開了。

我立時回想起鐵片上那組數字：「4」、「1」、「5」、「25」、「9」、「14」。這組數字和吳黛瑩到底有什麼樣的關連性？等我發覺的時候，我的思維已經用可媲美光的速度飛快的轉動。哥德爾不完備定理、皮亞諾算術、費馬大定理、威爾遜定理、二次互反律、組合數學……我用盡所有我知道的數學方程式企圖解開，卻始終得不到答案。可是，我必須解開它。我心底產生了異常清楚的直覺，那就是這組數字能夠說明我現在、那些不是夢的部分；是能解釋一切的關鍵。

但現在一直在這裡想並不是辦法。我得先去保健室。

我走在光影交錯的長廊持續思索著。此時，這原本能帶給我平靜的走廊，現在卻成了一條看似漫無止境的獸籠。地上一條條的影子是囚住我的欄杆。而先前的我卻不知情地一直在這裡徘徊著。

一直以來。

困在原地。

這個想法突然引起靈光一現。我頓時停下腳步。

那組數字，不是數字也說不定。

我眞是愚蠢，一看到數字就擅自認爲它必定和數字有關係。如果跳出數學計算來說的話，那它會是什麼？

對，它並不是數字——是號碼，個別獨立的號碼。一個號碼代表一種意義。而意義的擷取通常是來自一組固定的文字……語言。

我發冷汗，好似能聽見心臟的鼓譟。但我不能自拔地更是專注尋思。

可是，那會是什麼？如果吳黛瑩想要像我傳達訊息的話，她必然只會使用我能了解的語言才對。但我所知的語言，只有這麼一種。

不，我知道的，眞的是語言嗎？

這項懷疑讓我不自驚悚，卻更不能停止挖掘。

仔細一想，我這才驚覺：我根本沒聽過任何人的聲音。是尖細是低沉，完全不知道。

那我怎麼會知道他們在「說」什麼？

——是理解。我理解，而認爲他們在說話，在傳達。認爲他們發出笑聲、低吼，認爲那是輕聲或是洪亮，認爲他們是男聲、女音。

但事實上，我卻沒有聽到任何聲音。

一個沒有聲音，不需要聲音的世界。那究竟是哪裡？

這些號碼到底有什麼關聯？

不對，不對。

剛剛有地方不對。

我暫時將思緒退回原本的語言和文字的上面，苦思了好一會兒。

恍然大悟。

語言。理應來說，這裡根本不可能存在語言，因爲沒有聲音。然而，卻有文字。而且我能夠理解。

如果是這樣的話……

我看向了手臂上的數字。這些代碼，事實上就是一種文字記錄。

我忽然想起那時候老師黑板上的題目。明明沒有語言，怎麼可能寫得出來？但當時，吳黛瑩上去把答案寫下來了。

答案是達爾文主義。

達爾文主義(Darwinism)

Darwinism

41182391491913

原本是號碼。但我下意識認爲是文字，所以把它當成文字，並進一步理解意義。

我把手臂提到昏輝之下，望著。

182114

那些數字不再是數字。

RUN

逃

一瞬間寒毛直豎、頭皮發麻。

吳黛瑩，叫我逃……？

她要我逃離這裡。但是，逃到哪裡？

然而，我還沒意識過來，雙腿已經朝反方向邁步奔跑。

噠噠噠噠……

我認爲的自己的腳步聲在走廊上迴盪，宛如幽靈的追趕。可是即使這麼做，我能到哪裡去？我不知道，只能拼命跑。

直直地，直直地跑。

最終，還是來到了盡頭。然而，我卻在這裡見到了太過熟稔的門把：是保健室。

明明往反方向跑，它卻在這裡出現。我驚慌地回頭跑開。經過一段漫無止境，還是到了末路，赫然見到同樣的景象。來來回回，卻遲遲走不出去。

「怎麼了，慌慌張張的。」

我連忙回盼。是王老師。她優雅地站在我面前。

但是那張笑容，我卻再也不覺得溫暖。

我還在想，你怎麼沒來保健室呢，出來一看，結果在走廊上跑來跑去。在找什麼嗎？

我搖頭，卻也不知道該怎麼開口。尤其是王老師。

如果這一切都是我認爲的理所當然，那到底什麼是眞，又什麼是假？不知道，不知道。僅僅只剩一團混亂。

「你想找什麼呢？」

老師又問了。不曾改變的笑容，好像人偶。

「你的手……怎麼了？」

她注意到我捲起的袖口。漂亮的手隨即伸過來。慌亂之下我抗拒地揮開。剎那間我心裡卻有種受傷的感覺。

王老師終於變了表情，瞪大著雙眼充滿詫異：而且，是含著狐疑的眼神。

「你怎麼了，爲什麼這樣抵抗？」

我無法正視老師的眼睛。

「對不起……我要回家了。」

我只能這麼說。雖然這已經挽回不了什麼。

寂靜變得冰冷。我第一次討厭這樣的長廊。

因爲，事實上從頭到尾只有我一個人而已。

「回家？」

王老師發出一點可笑。

「你到底在說什麼？」

一瞬間變卦的形象使我不禁楞住。

「這裡，就是你的家啊。你還想去哪裡呢？」

一下子，我竟然在自己的房間，而且此時窗口外頭月白映照。

怎麼會……

「吶，你到底怎麼了？又做了惡夢了嗎？」

清冷的月光下老師微笑著，變得異常陰森。我轉頭要逃，卻無路可走。這個房間，根本沒有門。

「你到底想做什麼呢，楊宇希同學？」

她第一次叫出了我的全名。接著她向我踏進了一步。

「你又夢到了什麼嗎，怎麼不說給老師聽聽？老師或許可以幫你啊。」

那雙眼睛隨著笑容瞇了起來。那讓我不住聯想到美麗的狐狸。

「是又看到那個奇怪的空間嗎，還是生病呢？或者，是美麗的女孩變成妖怪的夢？」

她又向前一步，高跟鞋跟喀的聲音是相向的利刃。

我的背迫切的貼在牆上。我沒辦法往窗戶那頭逃去。她完全封死了機會。

聽著那番別具意味的說詞，我反問，

「老師爲什麼對我的夢那麼有興趣？是想探查，不，是要印證什麼嗎？尤其是我的病發，還有那個奇怪空間的事。你一開始就知道那些不是夢吧？」

老師發出輕呵呵的笑聲。

「你要說說看嗎？」

她並沒有否認。她好像在打算著什麼，甚至似乎在期待我能說出什麼。一切她都掌握在手中。我只能任由她牽著走。

「我每次有病狀的時候，都是在和妳見過面以後。」

我開口。我不知道我是用怎樣的表情看著她。

妳打在我身上的，是病毒吧？而且每次打的都不一樣。另外說起來，在我講到那個奇怪的空間的時候，妳突然變得特別在意，還不忘叮嚀我如果又夢到的話要跟妳說。其實那個才是眞正的現實，是吧？如果這麼說沒錯的話，我現在這裡才是夢。我一直以爲這裡是現實，是因爲我一開始就身在夢中所以沒有發覺。雖然我不知道妳拿我施打病毒是爲了什麼，但只要我醒來，對妳絕對不會有好處。

沉默以對好一陣子，她終於開口了。

「你果然是極具天賦的人類(animal)呢，宇希。即使靠著如此微小的線索，你卻已經這麼接近了眞相。」

她的話讓我欣慰又沉痛。老師的存在是眞實的，但同時也印證了那些事實，以及更悲痛的現實。

「我一直認爲你在潛能開發的方面上是個非常棒的研究材料。不過很可惜，因爲你的缺陷，其他科學家反而都忽略了你。不過，我看到了你的價值喔。爲了保住你，好不容易在抗體製造部門找到了位置。雖然這裡的風險很大，隨時可能會死。不過，你都好好的撐過來了。」

她對我露出褒勉似的溫柔微笑。我搖搖頭，十分茫然。

所以那些打在我身上的病毒，是爲了取得抗體？

我又有什麼缺陷？

「沒錯喔，就是爲了取得抗體。而另外就像我之前所說的，你是個充滿天賦的人類。」

此時她十分悲憫地看著我，像在可憐我不曉得的不幸。

「但通常這樣的生物，往往都會需要缺陷來取得平衡，越是異稟的缺陷越大。根據我們的醫學報告，你患有重度自閉症、強迫症和輕微的精神分裂。簡單來說，你是人類病理史中所謂的精神病患。由於這個原因，其他科學家原本打算把你處理掉的。他們認爲心理不健全的生物沒辦法使用。不過，他們現在會後悔的。因爲你現在已經察覺到了我！意識到你所在的異常！」

那雙眼神滿溢著狂熱。我這才痛徹地明白，我一切都想錯了。我認識的王老師、我喜歡的王老師，根本不曾存在過。

眼前的，只是有著王老師的模樣的女人。

「妳到底是什麼？」

我冷冷地問道。她不禁笑了出來。

「到底是什麼？人類(animal)果然是最狂妄的物種啊。這就是曾一度稱霸地球的生物特性嗎？不過，也不難想像這顆星球為什麼會栽在人類(animal)自己手裡了。告訴你喔，你現在所在的是潛意識控制造成的夢境裡。抗體製造部分為了讓人類(animal)維持健全的精神和身體，就利用潛意識控制製造出以前人類(animal)的文明世界的環境作為最理想的培養槽，然後一直到二十歲，也就是人類(animal)體力最強盛的時期，開始注射各種病毒來獲得抗體，以便造福我們人類(Erus)。」

她完全不考慮我的立場，不，她根本沒有考慮的必要。

她並不把我視為對等的。想到這裡，我忍不住抿緊嘴。

「……對你們來說，我們是實驗動物嗎。」

「實驗動物？並不一樣喔，宇希。」

她親暱地說道。

對實驗動物上的實驗只是為了確保能無風險地進一步執行到我們(人類)身

上而已。你們是重要的抗體來源，是我們人類(Erus)的救星；而你還是我最棒的研究材料。

「這個差別在哪裡！」

我無法壓抑著憤怒。面對我，她並沒有任何懼色，反倒像是在安撫小動物一樣寵溺的語氣。

「不一樣喔，宇希。動物本身是沒有價值的。不過，就像在你們過去的歷史上一樣，動物的價值是取決於他們對你們有沒有用處，或是稀不稀有。有用的，你們就利用；稀有的，你們就保護，或者收藏。現在的你們對我們來說，是稀有又具價值。光是這一點，你們就勝過其他生物了。」

我咬著牙。這個女人根本瘋了。

「這樣講，你們不也是生物嗎。」

「所以說了，動物的價值取決於用處和稀有。雖然現在和你們(動物)比我們(人類)確實不稀有，但我們(人類)卻是至今最強盛的。現在我們人類(Erus)唯一的缺憾，就是沒法自行製造抗體。不過，有了在基因上如此相向的你們人類(血清)的存在，我們就是完美的了。」

我無法再說下去。

「現在看來，潛意識控制已經無法束縛你了。這項紀錄記錄下來之前，我必須先讓你沉睡才可以呢。之後把你調出抗體製造部門之後，我就能讓你回到先前的和平，不，是更好的生活喔。只要你不掙扎，我也能把傷害減到最小。

我望著她。如果一切什麼都不去意識，就能擁有原本的和平。可以見到最喜歡的王老師的笑容。可以爲了去見王老師，每天甘願地等待漫長的無聊結束。之後，在通往保健室的路上，漫步於空無一人與彩霞斜映的長廊上享受寧靜。

一切，如果都不去想的話，就好了。

「我不會反抗。」

我說。她滿意地笑了。我握緊了拳頭。

「但是，我會逃！」

2391441523>258144>1325>21311

windowbehindmyback

我背後的窗口

後背一方窟窿，我旋即仰倒一墮。風在我的耳邊呼嘯。

如果這是夢的話，只要讓我確信這是夢的話——

185229225>914>18511292025>225>491208

reviveinrealitybydeath

藉由死亡復甦於現實

啪嘰。

嗡嗡驟然巨響，下一刻又趨於微弱。

「喝！」

我用力過猛地倒抽一口氣，緊接著又是急遽地咳嗽。身體震動得之劇烈，不經意扯掉了身上許多奇怪的東西，並且一時間讓我不適地差點嘔吐出來，但還是勉強忍住了。

周圍隔著空間那依然刺耳的警鈴大作。我迅速瞥眼環境。是那詭異狂狷的白色空間。不過現在能見的範圍增廣，我終於看見了背後那一望無際有條不紊的白色病床，上面各個躺著膚色接近死白、身形消瘦的同類，正不知情地沉睡著。而隔壁是一張熟悉的臉孔：吳黛瑩。

枯槁，飽受摧殘，內肘瘀青點點。因爲沉睡的緣故闔著眼。

要是能再看見一次那雙透藍的眼睛就好了。

接著我注意到她胸骨前的鐵片。

Daeyin

原來，這是妳的編號：妳的名字。

黛瑩，我逃出來了。

我不會運用舌頭，只能發出沙啞的呻吟。

現在，我必須去做只有我能做到的事。

我想邁開腳下床，卻整個人翻滾下來。

雙腳的關節硬化，根本連走都沒辦法走。夢境的自在相較之下令人喪氣。

但至少，我的雙手還能動。

雖然有些導管仍插纏著身子，並隨著移動帶來強烈的痛楚，但我裝作不在乎，匍匐死命地前進。

警告持續作響。我到底還有多少時間，Erus什麼時候會來，我根本無法再考慮：不願考慮，只顧著爬向前方。想著那些未知的後果實在太過令人恐懼。血和髒汙輾過白色的地板，尾隨形成我的軌跡。

雖然我還不太清楚要去哪裡，但跟著其他人身上的那根導管、以及我身上有著同樣來源的管子，應該就能找到整個系統的核心了。只要破壞掉的話——

——我們，都會自由了。

永遠的自由。

那時候的吳黛瑩，雖然不能說話，但我卻明白了。

她要我殺了她。

爲了自由，爲了尊嚴，殺了她。

殺了大家。

手很瘦，但我不能停下來。

好不容易我爬過了第四排，後面傳來太過整齊的步伐聲，然後頓住、冷酷的金屬摩擦聲響對準了我。

這些聲音第一次聽來是多麼地刺耳。

然後，一個聲音吆喝著。是女人的聲音。我聽不懂她在說什麼。語調急切，似乎是想阻止我。

不，或許我知道她要說什麼。

心上的那份直覺使我禁不住微微向後瞥了一眼。

啊，果然是她。

結果，她跟夢裡的樣子一樣美麗。

我還是看不出來，她到底和我有哪裡不同。

那女人幾乎要尖叫起來地對我喊著。

我繼續伏地前進。

不論如何，我不會停止。

我幾乎聽不見後面的聲音。除了那處處存在、時強時弱的嗡嗡聲。

那到底是維生機器運作的聲音，還是是通往外頭的抽氣扇在轉動呢。

一聲槍響。

【推薦獎評審意見】

林俊穎：我很喜歡這篇，因爲讓我想到〈別讓我走〉，我非常喜歡那本小說，到底人類該如何看複製人這件事？到底生命是什麼樣的一種東西？到底人的定義是甚麼？看到一個大學生可以這樣寫，我很喜歡。雖然一開始破題了。做爲讀者我看到作者對小說的結構有充分的掌握，譬如敘述腔調、觀點，都掌握得很好，掌握到很重要的母題：人的定義是甚麼？活著的意義是甚麼？唯一有意見的是結尾太匆促了，無法很完整的說服我。是不是又因爲電影的影響太大了？最後都被牽著走。

鐘文音：受到電影影響會讓這篇扣些分。這篇整個的文筆不像其他作品有贅字，但是到後面變得有點爲了命題寫的，不是順著小說的血肉，這就是敗筆。太快露餡了。但是有感受到疏離的冷，是金屬感的。裡面的氛圍應該更經營封閉空間的，而不是太寫實的場景。

高翊峰：我在看前面有被嚇到的感覺，依我的喜好應該是我非常喜歡的類型，但最後沒有選。這篇小說拉出很高的高度。這是很現代的複製人的題材。沒有選的主要原因是因爲後面作者自己斷棄了，作者試圖把開口打到最開，最後卻收不了網。最大問題就在二分之一之後，是作者開始無法掌握的。但作者身爲學生想要掌握這種題材，這個精神是很可敬可佩的。它其實是非寫實的近未來科幻小說，細節很重要，因爲他的情感是建立在這些細節上面。我可接受寫實的小說細節上有缺失，因爲我相信寫實小說所建立的情感是比較立體的。我會期待科幻的或魔幻的這樣非寫實的小說，有很強健的敘事結構。

餘生

劉兆恩（中碩四語言組）

潘金枝已經等得不耐煩了。

在一個平凡無奇的夏日午後，潘金枝拉了張板凳坐在土角厝的屋簷下剝皇帝豆，不時聽著她那住在隔壁的妹妹潘金蘭，正一邊大聲播送調幅電台的音樂節目，一邊踩踏裁縫車幫客人改衫褲、車拉鍊。女主持人的歌聲隨著那卡西式的伴奏響亮出來，又是那首每隔三天就會奏出來唱的〈青春嶺〉：

雙人行到青春嶺，鳥隻唸歌送人行。溪水清清照人影，天然合奏音樂聲。

啊！青春嶺！青春嶺頂自由行。

依照慣例，當她唱到那個「啊～」的時候，土角壁縫裡的土蜂又被嚇出來幾次，驚慌失措地在庭院狂舞。舞了一陣之後，果然又百無聊賴地飛去騷擾庭尾那隻趴在木瓜樹下睡午覺的老母狗該該。老母狗該該從睡夢中驚醒過來，不由得火燒屁股般四處逃竄，卻不小心撞翻了潘金枝盛放豆子的鋁製臉盆。

「哎！死狗你眞正生雞蛋嘸、生雞蛋嘸你……」

潘金枝倏地站起身來，正欲作勢追打老母狗該該，卻因爲動作太大，膝蓋一軟跌坐在廊下的水泥地上，她兩手撐地正欲奮起，卻發現雙腿使不上力。聽見了外面叫嚷聲響，她的妹妹潘金蘭走出門外一看，便急忙過去扶她，結果毛手毛腳了幾回看扶不起，又跑到隔壁潘金枝的兒子許有昌家裡喊人來幫忙。最後，還是許有昌的媳婦跑到田裡叫許有昌來抱，才終於讓潘金枝自火熱的夏季豔陽與晒得發燙的地板中逃脫。

然而，自此之後，潘金枝便再也不能行走了。她整日癱躺在她的床板上，聽著調幅電台的各種節目：中午的時候通常都是唱歌的，有時候是節目主持人播音樂帶自己唱，有時候也會有聽眾打電話進去唱歌。到了下午，則變成談話性節目，主持人會一面播報新聞，一面夾敘夾議地評論。而晚上，電台裡的節目就屬晚上的講古系列最讓潘金枝期待了，那主持人一面敘述故事劇情一面又裝腔作勢地模擬各色人物說話，不時配上背景音樂和音效，可說是整日裡最刺激的時段。自從癱瘓以來，潘金枝每天都躺在床上聽這些節目，聽累了便睡，三餐則靠她的兒子許有昌一家送來。好幾次她的兒子許有昌想送她去醫院，都被她打了回票：

「都是要死的人了，還要去看什麼醫生、花什麼錢？」

她的兒子自然是知道的，關於母親曾經發生過的一件奇事。

在她童年的某個尋常午後，她的母親讓她拿著柴刀將廚房外堆積著的枯樹枝斲砍成適合擺入灶門的大小。潘金枝用雙腳腳掌夾住樹枝兩端，兩手舉起柴刀過頭頂向下劈砍還得連砍兩三下才能斲斷樹枝。她就這樣忙了好一會，才注意到家門口站著一位僧袍襤褸的老和尚。那和尚見她發現自己，便走過來問她生辰，她告訴他。她看著那和尚，破舊的僧袍出奇乾淨，像是特別漿洗過一般，潘金枝忍不住伸手要摸，卻想起自己適才劈柴的手上還沾著泥土與手汗，想不到和尚竟溫煦地握住她的雙手告訴她：

「女孩，現在我所講的每一句話，妳都要清楚記著。」和尚清了清喉嚨，繼續說道：

「兩年後，妳會有一個生死攸關的關卡，如果妳撐過了，妳會在十八歲那年結婚，和妳的丈夫生下五個孩子。然而，這段婚姻在妳三十九歲那年就會結束。不過妳也別擔心，你們夫妻倆存下來的錢，讓妳獨自撫養這五個孩子成人倒是不成問題。」

「那接下來呢？」

「接下來？接下來就沒事了。」

「沒事，是什麼意思？」

「沒事，當然就是沒事的意思了。妳會一直沒事，直到妳八十六歲的命限。」

兩年後，潘金枝牽著牛經過水塘，一輛運送甘蔗的五分車從她們身旁擦身而過，受驚的牛將潘金枝撞進水塘裡，害得不會游泳的潘金枝差點淹死。又過了幾年，她的父親將她許配給他拜把兄弟的長子，幾個月後，他的未婚夫被徵招到了南洋直到二戰結束回家，然後他們結婚。那年，她十八歲。

在接下來的歲月裡，潘金枝陸續生下了四個男孩與一個女孩，她領著她的孩子們，大的隨她下田耕種，小的和女的在家做飯、炒地瓜葉餵豬、挑水擔柴揀地瓜，她的丈夫則負責將養成的豬隻送到屠宰場屠宰，再將那些豬肉運往市場販賣，生活於是日漸寬裕了起來。潘金枝乘勢多買了幾塊農地，丈夫則添購了一輛在當時可謂百萬名車的本田打檔摩托車。

接著，三十九歲，她的丈夫騎著他的名車撞死在送貨的途中。

在接下來獨力撫養五個孩子長大的歲月裡，潘金枝赫然發現當孩子一個一個成家，消磨的卻是母親生存的理由。現如今五個孩子都已屆中年，似乎再沒什麼需要她這個老母親擔心的了。

接下來就沒事了，潘金枝想，再也沒有比這更可怕的事情了。

躺在和室床板上，颱風夜裡，她那被白蟻蛀得破落的柴門嘰嘰歪歪抖得像是自己口中那所剩不多的殘牙，好像打個噴涕就可能毫無懸念地陣亡似地，正在等待一個壞損的時機。而她那個木頭合成板釘起來的天花板，也因爲屋瓦漏水而開始滲漏水痕，滴滴答答掉落在潘金枝床板上的藺草蓆上，逐漸往她的棉被流了過來。

潘金枝動彈不得。她躺在發潮的床板上，蓋著逐漸潮溼起來的棉被，就像是菜園裡佃撒的皇帝豆一樣，窩在剛剛灑過水的濕潤土壤裡。潘金枝想，再過三個月，她是不是也會四面八方伸出一條一條的蔓藤？哎呀到那個時候，還得叫她的兒子許有昌來搭個棚架，好讓她可以順著骨架朝天空伸展，然後結下累累的皇帝豆莢，再叫媳婦來採。可是許有昌那都市裡來的老婆一向不太欣賞自己種的蔬菜，潘金枝突然想起，她上次提著一塑膠袋的自種蔬菜給她媳婦時，她媳婦那微微皺起的眉頭，總讓潘金枝發現自己又將自己製造的麻煩推給別人了。潘金枝不得不歉歉然地說：

「我這自己種的不灑農藥也沒有化學肥，比不上菜市場的漂亮吧？」當然比不上，菜市場裡賣的蔬菜不僅漂亮，還比自己種的更好吃。潘金枝想起今天下午她的兒子許有昌端上來的三菜一湯，其中一道炒高麗菜，唉呦那眞是又脆又甜，讓潘金枝胃口大開地差點可以吃兩碗飯。

差一點，要不是她的兒子許有昌。

閒坐在床邊等著收拾餐盤的許有昌看著她的門，兀自站起身來敲了幾下門板，開開闔闔地試了幾下，接著望向那已經開始滲水卻又還沒滴下來的天花板，自顧自地說著：

「阿母，等這個風颱天過了，我幫妳把門換成鋁門，再叫老么一起來幫妳把天花板換新，我看屋頂也用鐵皮搭起來好，免得下次又漏水？」

一聽到這個建議，潘金枝一口美味的高麗菜差點沒給吐出來：

「不用啦！都快要死的人了，還弄那些浪費錢的東西做啥？」

「難道妳想說，等妳過世之後，這間厝就要放任它荒廢嗎？」

難道不是嗎？潘金枝想著，你們兄弟一個個都有自己的房子，誰還要來住這間破厝寮？但看著許有昌的臉，潘金枝卻一時說不出話來，只好轉頭望向窗外下得正酣的颱風雨，假裝聽調幅地下電台薛平貴傳奇聽得入迷，但其實已經進廣告了。

廣告賣的是保肝的藥品，三百五十粒裝賣一千五百元。潘金枝聽著電台裡那些像是跟她差不多年紀的老太婆們，正一個個「CALLIN」」進來歡天喜地地推薦這一味「王大夫強力加味保肝丸」。一個說她本來罹患肝癌第三期，醫生都叫她趕緊開刀，可是自從她一餐兩顆按時服用「王大夫強力加味保肝丸」兩、三罐之後，所有病痛通通都不見了，到醫院去給醫生檢查，醫生也說癌細胞都死光了，這實在是太神奇啦！另一個則說她雖然沒有肝病，可是自從吃了「王大夫強力加味保肝丸」之後感覺體力都變好了，連久年疼痛的風濕痛關節炎也通通都不再發作了。接著王大夫本人說是啦！因爲我這加了祖傳秘方有病治病，無病吃了當然也同樣可以強身健體滋陰補陽……。

潘金枝已經不再相信，這些同她差不多年紀的老人們竟可以如此愉悅。事實上，潘金枝也曾經試圖加入電台裡那些愉悅老者們的行列之中。那天她興致勃勃地拿起話筒，告訴彼端的「王大夫」自己的住址，說她要兩罐「王大夫強力加味保肝丸」、兩罐「王大夫強力固骨本」，對，都是要大罐裝的。四罐，還打八折，四千八百元可以買得到那些快樂嗎？她想像，有天她將和其他老人們一樣，打電話CALLIN給王大夫，在空中和她們一樣說我現在身體好健康，我好快樂呀！她滿懷希望照三餐按時服用，卻發現日子仍然一成不變。是不是信心不夠，堅持的路還不夠長久？抑或是問題正出在自己要病不病要強不強，卻反而因此遺落了快樂的本錢？

那天她的媳婦端飯過來，發現她的菜櫥上堆著兩罐固骨本，忍不住勸她：

「唉呦媽妳別買那些藥了，那可能是地下電台騙人的……」

等不及媳婦說完，潘金枝便急忙辯解：

「什麼騙人的？那一堆人打電話進去印證，哪可能假？」

「這根本是串通好的，搞不好他們根本就是一夥的。而且那藥也賣太貴了，難道沒有更便宜的？」

「好了！」

潘金枝喝斥她的媳婦，卻發現自己的聲音不知爲何有些顫抖：

「做長輩的想自己照顧身體也是爲了不想拖累你們，那藥再貴也是我自己的錢。」

她喘了口氣，彷彿害怕媳婦反駁似地，又衝著媳婦說：

「難道妳還怕我死後你們少分那一點錢？」

自此，她的媳婦便不再提起這件事。

如今想來，或許在那天便已經發現被騙了，被空中那些歡愉的老人們給欺騙了。她們得到了潘金枝的信任，卻又將她疏離在快樂之外，就像自己那過世許久的丈夫。那年她的丈夫撞上路樹當場不治身亡，神奇的是那輛摩托車居然只壞了一個車頭燈。車禍現場，丈夫的遺體先行運走，只留下隨後趕到的潘金枝與刑警處理相關事宜，卻不知哪裡來的一對母女，見著那輛車便伏地痛哭。一問之後才知道，原來她們竟是丈夫在外的女人與孩子。

一肩擔雞雙頭啼。潘金枝忍不住想像那些丈夫在外工作的時節裡，究竟有多少時間其實都埋進了那女人的溫柔鄉中。他可能會駕著，他那用豬肉鋪裡攢下來的錢買的鐵灰色本田打檔摩托車，噗噗噗地停在那女人的家門口，而女人想必一聽到他的車聲便急忙出來相迎。接著，他們的女兒也會跑出門來，攬住他丈夫的手歡快地叫著爸爸，就像他們真的是一家人一樣。或許，他的丈夫會笑著摸摸那女孩的頭，告訴她：「乖，可是要記得在外人面前不能這樣叫我噢！」然後，他們會像一家人一樣共進晚餐，接著早早哄女兒去睡，他們會做愛，做任何丈夫對自己做過的任何事情，而她卻只能在越買越多的田地中打滾。他們總是自顧自地歡愉著，把潘金枝疏離在他們的快樂之外。那天潘金枝一氣之下，將那輛摩托車交給車行便宜賣了，然後，又買了一塊農地。

但是，現在不一樣了。潘金枝已經作好死去的準備，她終於等到八十六歲了。

颱風過後，爲了讓她的兒子許有昌死心，她終於答應讓他兒子送她到鄰近的大醫院檢查。潘金枝滿心歡喜地躺在醫院的床榻上，天花板鑲嵌著方格狀的日光燈罩，白色的光線在金屬片上投射相映如花，除了鼻間縈繞的刺鼻消毒水味，那陰涼的冷氣房與眩目的視線都太適合了，太適合作爲宣判她死期的首選之處。正想著，護士與許有昌一同走了過來，把潘金枝推進一間無人的斗室中，護士面帶微笑地告訴潘金枝：

「阿桑，接下來要檢查妳的龍骨，爲了怕妳痛，我先幫妳打一支麻醉針噢。」

不等潘金枝回話，護士便將她翻過身來，掀起她的衣服注射。過了一會，醫生模樣的中年男子走了進來，與護士以潘金枝聽不懂的國語不知討論些什麼。潘金枝想，是什麼都無所謂，反正我已經是個要死的人了。

在接下來的時間裡，潘金枝便這樣任由醫生護士在她的背脊間恣意碰觸，時而感到似乎被尖針刺入。但潘金枝還有什麼好害怕的呢？

不曉得過了多久，醫生逕自走了出去，而剛剛幫她打針的護士則幫她把衣服拉整妥貼，再推她出房。

等在門外的她的兒子許有昌告訴她，醫生剛剛說她只剩下兩三個禮拜的時間了，叫許有昌要有心理準備。潘金枝鬆了一口氣。終於來了。她想。

「那我們還不趕快回家？」

「醫生的建議是說。」

許有昌看著她的母親：

「爲了怕妳走得痛苦，最好讓妳住進醫院裡，萬一妳跌倒的傷併發其它感染，可能會產生劇痛。」

許有昌囁囁嚅嚅地說：

「在這裡，至少有醫生隨時幫妳打麻醉針。」

潘金枝想想也是，沒有什麼比平靜地走完餘生更好的事了。她聽說最有福報的老人都是在睡夢中離開的，她想自己勞苦一生，也應該對自己好一些。

住進醫院的第一個禮拜，潘金枝一邊適應著有專門看護的醫院生活，一邊滿心期待的等待死亡的到來。第二個禮拜，潘金枝卻開始懷疑自己是不是錯算了生辰，她不斷反覆確認年歲，然而怎麼算都是不增不減的八十六歲。到了第三個禮拜，潘金枝不耐煩了，她開始想念她的床板與廣播電台，她突然想起有種說法，說人如果不在自己的家中死亡，那過世後就可能化為流連外地的孤魂。許有昌拗不過她的要求，跟醫生討論過後，終於讓潘金枝出院返家。

只是，回到家門口，潘金枝簡直不敢相信自己的眼睛。

她發現她的厝寮上多了幾組鋼架，鋼架上烤漆板傾斜鋪平覆蓋了原來的暗紅色屋瓦，底下兩三個工人正在加緊趕工。潘金枝推著輪椅前行，發現她那嘰嘰歪歪的木門也已經消失，取而代之的是嶄新亮麗的鋁製紗門，天花板也被新鋪上了新的塑膠板。底下，她的么子許有盛和她的幾個孫子正拿著鎚為她鋪上新床板。

「這是怎麼一回事？」潘金枝急忙抓住許有昌的手。

「他們怎麼在整理這間房子？我都已經是……」

潘金枝那句「要死的人」還來不及出口，許有昌便搶著說：

「房子舊了本來就需要整理呀！」

他看了看她的母親，接著說道：

「拜託，妳還以為跌那一下就能把妳給跌死嗎？」

原來全世界除了自己之外，所有人都知道這並不是足以致命的傷痛。潘金枝想，這一次，換做是她的兒孫們將她疏離在外了。然而，這次潘金枝卻不再感到孤單。

她問許有昌：

「所以為了整理這間厝，你還特地拐我到醫院住三個禮拜？也眞夠浪費錢的了！」

「當然不是。」許有昌斬釘截鐵地說。

「那天推妳進手術室，就是要讓醫生在妳的龍骨上注射骨漿，而住院的這三個禮拜，其實就是要觀察病情跟靜養的。」

潘金枝一愣一愣地望著她的兒子。

「不信？不信妳站起來試試看。」許有昌胸有成竹。

潘金枝雙手撐著輪椅扶手，許有昌扶著她，她顫巍巍地起身，發現雙腿似乎又回到了自己的下身。她小心翼翼地邁開步伐，一步一步緩慢踏著，然後漸快，然後走進她的厝，一如往常。

這時她的孫子們聽見腳步聲，紛紛放下手中的鎚，轉過身來朝氣蓬勃地笑著喊她：

「阿嬤！」

【佳作評審意見】

鍾文音：這是鄉土悲喜劇。我很喜歡他的設計，有點像黃春明的感覺。但是時間感太快。它非常有短篇小說人物封閉的思維，跟世界接軌也合理。〈早餐室的約會〉那篇，結尾結得很有意思，他在這個城市裡，這城市其實是個荒原，我們都逃不出這個荒原，作爲人都無可逃的。且裡面有一些當代人的反諷。

高翊峰：個人觀點來看比較沒有缺點，但也不是非常好，只是比較沒辦法去找錯誤，可能有些情感雕琢的有點用力。他其實控制跟拿捏都是很成熟的，如果在報紙上刊登會覺得沒有問題，想不到是學生之作，這個小說是很滿足基礎的。

紙短

葉俊亞（會計三A）

郵差甫經過巷尾，黃讓便趕忙跑出門，連鞋都還來不及穿。他真的是急了，這些日子他總要這樣跑上好幾趟。

有時就算是半夜聽到摩托車的引擎聲「轟隆隆」地呼嘯而過，他也會猛地乍醒，盜出一身冷汗。黃讓坐在床頭，吁吁地喘著氣，胸前一起一伏隨著心跳「撲通撲通」動得那樣厲害，他用手背揩了揩不斷沁出汗珠的額角，隨後又躺了回去。但這一驚醒，卻如註定和一夜好眠無緣似的，再也睡不著。他翻來覆去，覺得煩躁，他想如果自己是一只發條的話，那他被旋得太緊了。

黃讓撐起身，想要去樓下信箱看看有什麼新信沒有，雖然他知道剛剛經過巷尾的摩托車不可能是郵差，但他仍舊挨著床沿站穩腳，隨手拎了件掛在椅背的薄衫套上就往外走。

他悄悄地帶上門，躡著腳一步一步都放得很輕，深怕會吵醒正在酣睡的鄰居，他想自己現在這付模樣讓人看了準會被笑話一番，尤其是隔壁的林太太，他總覺得每當他們在巷口擦肩而過時，她嘴裡除了囁嚅出的「黃先生您早」之外，一定還有其他些什麼，像是「怎麼又是你這個失心瘋的傢伙？」或是「可憐哦！被拋棄的男人，三十把歲了，每天鬧得小孩似的。」之類的。

他搖了搖頭，不願多想，逕自摸黑步出門去。

黃讓打開已爬滿鐵鏽的大門，迫不及待地踱到信箱旁，食指扣住信箱眼的邊緣，他覺得信箱冰冰冷冷的，像是她已經變調的心，他縮了縮手，隨後摒住氣輕輕地掀開，像要拆生日禮物那般。雖然在打開信箱前，黃讓早已預料到這次大概又會像往常一樣，但當眞的看見裡面空無一物時，他還是有種說不出的失落。他覺得自己像是聖誕夜時在門把掛了聖誕襪的小孩，滿心期待聖誕節當天的來臨，但一起床卻發現自己的聖誕襪依然是空的，什麼也沒得到。他不曉得該怎麼辦，他在等一封信，一封他認爲再也等不到的信。

黃讓輕輕嘆了一口氣，轉了身墊起腳尖又走回房去。

他本想再窩回床上去睡覺的，但一躺下去他才發現自己根本睡不著，他一手枕著頭，一手在身旁彎成弧狀，直直地看著前方，他想起以前只要他做出這個動作，她就會自己靠過來窩在他身旁，像隻長不大的小貓那樣，那段日子眞的好開心。

黃讓搔了搔後腦杓，扭開身旁的床頭燈，反正今夜肯定是睡不著了，他想。暈黃的光游進眼中，牆上的鐘掛著笑，兩點五十了。他覺得自己的心正像這個數坪大的空間，昏昏暗暗的、空空蕩蕩的。

他走到五斗櫃前拉開倒數第二層的抽屜，翻找了一會兒，從襯衫底拿出一個木盒子，距離上次碰這個盒子已經是好久之前了。他小心翼翼地把它捧在手上仔細端詳，像孩提時代把從欒樹上抓來的甲蟲擺在掌心瞧那樣。

黃讓記得小的時候，家裡後院有塊空地，上面就種了很多欒樹，每年夏天都會開滿一瓣瓣不到指甲片大小的黃花，綴滿樹頭好像一顆顆小小的聖誕裝飾燈泡。

每當爸爸要帶他去抓甲蟲前，總會先在家裡殺一顆鳳梨，父子倆蹲在一塊兒喀了老半天，直到舌頭都被鳳梨咬得刺刺疼疼的才甘心，而媽媽總在他們背後掩嘴偷著笑：「黃讓，別逞強，淨同你爸鬧！」

黃讓是獨子，而爸爸又是五十末了才生他，他從小在家被疼慣了，像給爸媽含著長大，呵護至極，所以爸爸給他取了個「讓」字，希望他懂得謙虛，不要被他們兩個老的寵壞。他自己也喜歡這個字，聽起來像武俠小說那般威風，特別是爸爸唸起來時，好像要連他也一起捲進舌裡似的。

黃讓的爸爸是浙江杭州人，當年到臺灣來，老朋友請他去茶莊喝茶，而媽媽當時就是在茶店裡幫忙的小姑娘，爸爸去喝了幾次茶之後就愛上媽媽了，說以後都只喝媽媽沏的茶。

黃讓咬了滿嘴鳳梨，咋著舌，一手拿著鳳梨皮，另一手交在爸爸掌中，爸爸的手很大，上面佈滿一道道歲月的痕跡，摸起來像焦掉的鍋巴，十根手指節節瘤瘤，像樹根子紮進肉裡。

「黃讓，等等到的時候，你就用力把果皮丟在欒樹下，知道嗎？」爸爸的聲音厚厚的，很宏亮，隔著牆也聽得到。

「像射紙飛機那樣嗎？」黃讓仰起臉，天眞地問。

黃讓的爸爸從前是空軍，現在即使已經退下來了，閒暇之餘仍會摺幾架紙飛機和兒子玩。「黃讓這麼小就可以讓飛機飛那麼遠了，長大一定會跟爸爸一樣開眞正的飛機，對不對？」爸爸總愛邊看著兒子在空地上跑，邊逗著他說。

而這時黃讓也會咧著嘴大聲地回答：「對！我要做空軍總司令！」

爸爸瞇著眼笑：「是啊！就跟射紙飛機時一樣哦！等鳳梨皮發酵個幾天，甲蟲聞到味道就會自己爬過來了！」

他們一大一小拉著手，很快便走到後院空地，微風輕輕地吹，欒樹小小的黃花便像雨點般順著飄下，落在髮上、肩上，然後在地面積成一圈圈小小的花池，黃讓捺不住好奇，總要爸爸陪他蹲下仔細研究好一陣子，他覺得小黃花的五瓣花瓣一逕地向外翻，看起來有點像一顆顆小小的爆米花。

他們將鳳梨果皮扔在欒樹下，撿了幾朵小黃花回家。

黃讓把撿來的小黃花都裝進口袋，想說回家時一定要讓媽媽瞧瞧，給她個驚喜，誰知道回家後卻一直忘了拿出來，就這樣丟進洗衣機裡攪了又攪，弄得整團衣服都是揉得碎碎的黃花，換來媽媽好一頓罵。

隔了幾天，吃過晚飯後，爸爸又像之前那樣帶他去了空地，出門前媽媽還追出來嚷著：「別再撿什麼小黃花回來啦！」，他吐了吐舌頭，像個做錯事被逮的小孩。

他們回到後院的空地，爸爸拿著手電筒走在前面，一路踩得草叢窸窣作響，黃讓跟得緊緊的，怕走散。

他覺得這段平時常走的小路好漫長，正想開口問「到了沒啊？還要多久？」時，爸爸便先轉過身，用食指在唇上壓了個「噓」要他安靜。爸爸拉著他蹲下，忽地往前幾天丟在欒樹下的鳳梨果皮一照，幾隻匍匐其上的蟲便像被釘牢了那般愣住。

他看得癡癡地，嘴巴不自覺「哇」成了一個圈形，夏天的晚上蚊子好多，飛啊飛地繞著他的小腿肚轉，但他仍動也不敢動一下，爸爸見狀抿著嘴笑了，隨後從果皮上抓下一隻甲蟲，擺在他凹成取水狀的手上。他睜著兩顆圓滾滾的眼珠直瞧，連眨都捨不得眨，瞪得牛眼一般大，快鼓出來似的，興奮極了。

甲蟲小小的鉤爪勾得緊緊的，但他不怕疼，他把牠當寶貝看。

黃讓把木盒捧得高高的，就著流洩出的燈光仔細瞧了又瞧，兩個巴掌大的盒子上浮雕著花紋，蜷曲的花莖好像他的思念一樣綿長蜿蜒。他覺得作出這個木盒的人一定也有著和他相似的遭遇，否則怎麼可能會造出這麼契合他心情的東西？當時在精品店看到它時，他幾乎是第一眼就決定要把它買回家。他並不富有，所以他努力想辦法攢錢下來，有時就連餐費也省了好幾頓。老實說他也不曉得爲什麼，朋友笑他癡，但他仍堅持那麼做，好像那個木盒本就屬於它他，只是他把它寄押在那間店裡，而現在不過是想贖回去罷了。

黃讓用指尖輕輕地曳過盒子表面，灰塵微粒便如苔蘚般緊緊附在他的指紋上，他看著那一圈圈髒垢，忽然覺得他們的愛情也像這樣，生了灰。

他順著盒上藤狀的花莖滑過，想起了她身體的弧線，那晚他也是用這種方式記憶她。

他們躺在租來的小套房裡，月光透過落地窗灑了一地，她穿了件淺黃色的洋裝，揉得碎碎的花瓣像磁粉般附在上面，而她就是塊磁鐵，同時吸引著他。他看得出神，想起了小時候不小心丟進洗衣機的小黃花，他覺得這一切都像是命中註定。

那天是她生日，黃讓特地去買了瓶酒，想好好慶祝一番。酒銷員介紹了很久，什麼特級酒莊、什麼二軍酒，他完全摸不著頭緒，他最後挑了一瓶Chateau Calon-Segur 2002，只因它酒標上的大愛心和那個有紀念價值的出產年份而已，他們就是在這一年相遇的，那時她讀碩士，而他博士剛唸畢業。

黃讓說起他們的相識過程，總免不了別人一陣吹噓，「又不是偶像劇！」學生時代在外租屋，他們住在同一層，但平時兩個人只打過幾次照面，並不熟識。

有次黃讓要搭電梯下樓，有人匆匆跑過來按住開關，趕進電梯門，那個人就是她。他們各立一角，只微微點了頭打聲招呼，沒有互動，氣氛僵得有些尷尬，他本以為捱個十幾秒就沒事了，但好巧不巧，那次電梯故障了，他們一起被困在裡面幾十分鐘。

黃讓生得淨淨的，一副聰明樣，一雙眼眨啊眨會說話似的，很討長輩喜歡。他人老實，不知是不是爸爸取的名字起了作用，凡事不愛爭，總讓了別人幾步，一逕斯斯文文、溫吞溫吞的，很好相處。但他平時不太會說那些浸了蜜的甜話去逗女生，所以雖然抓起頭髮戴上黑框打扮一下也頗有樣子，可就是不得女生歡心，無奈研究所都唸畢業了還沒有交過女朋友。

不知怎的，那次卻和她特別投緣，他們天南地北地聊著，一搭一捧的，像是很久不見的老朋友。

她問了他的名字，他鈍鈍地回答。「黃讓？聽起來好像皇上哦！多彆扭！」她開玩笑地說，他覺得她有些鬼靈精怪，這是他第一次聽到人家這樣講。他也問了她的，「我叫陳翕瑄，翕是上面一個合下面一個羽，唸做T一ㄧ，不唸翁。」她啪搭啪搭說完，連氣都不喘一下，像小朋友在介紹自己的玩具那樣，「這是我最愛的搖控汽車，可以開很快，快碰到壁還知道要轉彎！」

黃讓笑了，他覺得她很可愛，兩顆眼珠子黑溜溜的像蝌蚪，骨碌骨碌轉著，快蹦出來似的，很有靈氣。翕瑄的嘴角總是掛著一彎笑，牽得兩個臉頰圓圓鼓鼓，像含了糖，陷進去酒窩各佔一端，好比剛烤出爐的糕點，讓人不由自主想咬一口。黃讓看著她紮得高高的馬尾，講話的時候晃啊晃地，催眠人的鐘擺一般，把他的心給哄走了。

其實黃讓平常是不信那套的，但自從那次之後，他也不嘴硬了，他覺得那是老天賜的緣份。

翕瑄生日那天，他們摻著月光各喝了一些紅酒，她的兩頰不知是因不勝酒力或者嬌羞，起了一片紅暈，他覺得她好美。

他摟住她，讓她偎在身旁，靠近她的耳根問她有什麼生日願望。她把臉埋進他的膀間，說，希望夜晚長一點。她的聲音柔柔的、怯怯的，他到現在還忘不掉。

黃讓捧著木盒，像花托撐住花那般，盒角邊緣雕了一隻展翅的瓢蟲，他覺得自己就像那隻瓢蟲一樣，被侷限住了，想飛也飛不得。他看著眼前的木盒紋路，一勾一勒好像都被精心設計過那樣，如齒輪般吻合地嵌進他凹凸不平的心。

那晚的夜色太醉人了，透藍透藍的，澈的像一潭湖，月光映在湖面上，要飽出水來似的，夜是眞的該長一點的，他想。

黃讓把盒蓋打開，那個盒子裡擺著一箋詩、一支髮夾、所有翕瑄寄來的信以及他打算回給她的信，小小的盒子躺著一樣樣東西，像回憶的棺木。他念舊，一直捨不得扔。

黃讓伸手進去撈了把封信，一張張素色的信紙落葉般擱在他掌上。他把那些信攤平，打算全都重讀一遍，寫得滿滿的字從信背摸起來凸凸的，像一顆顆米粒。黃讓看著她親手寫的信，視線忽地停在一個糊開了的字上，他奇怪以前怎麼不曾注意到，暈透的筆墨讓字顯得有些無法辨認，他想她大概是邊滴著淚邊寫的吧，因爲他自己讀信時也哭上好幾回。「最近好嗎？快些給我捎封信，我很擔心。」她在信末加上這麼一句，然後畫了一隻在哭的蜜蜂。

自從那次認識翕瑄後，黃讓常開玩笑地叫她「翁翁」，剛開始她非常反對，總晃著那尾長長的髮，翹著鼻覷眼嚷：「不要那樣叫我！」但漸漸地被叫慣後，她也不甚在乎，有次還逗黃讓說：「對啊，嗡嗡是你的蜜蜂，專叮你包！」

他翻起信封袋看了看郵戳，才驚覺他們斷了聯繫已經有一年餘。

93年秋天，台中老家來了封信，上面只寫了「令尊逝世，速回。」幾字，是大伯父寄來的。

舒爽怡人的十月天裡，黃讓卻咬著牙直打哆嗦，他拿著薄薄一封信，一雙手顫啊顫地，信都差點給掉到地上去。他憶起父親佈滿厚繭的雙手，忽然很想知道那年他們一起抓的甲蟲的下落，帶回家養之後牠怎麼了？或者其實他們根本沒把牠抓回家？他一直想不起來。他的太陽穴一股勁地抽動，腦連著筋、筋扯著腦，像有什麼東西要蹦出來似的，頭痛欲裂。

他覺得那封信也間接地宣判了他的死刑。黃讓是家裡的獨子，父親過世，那家中生活的重擔想必會落到他的肩頭上，他自己是沒問題，他唸畢業了，但是她呢？他不知道要怎麼向她交代。

翕瑄從他背後環住他，睜著一雙水濛濛的眼睛問：「怎麼了？看你抖得一身冷汗。」黃讓著急地把紙揉成一團，在手中握得緊緊的，他感覺自己手上的汗漬透的要把紙給化開了。「沒什麼。」他說。「嚇我一跳，我還以爲你剛剛發生什麼事了呢！」翕瑄鬆了一口氣說。黃讓回給她一個微笑，她總是那麼多慮，他不想讓她擔心。

黃讓趁翕瑄睡著時，披了一身夜色就趕到車站，除了買來慶祝她生日的那瓶紅酒之外，什麼也沒帶走。

到了車站後，他才發現自己急昏頭了，半夜裡不要說火車，連個人影都沒有。他覺得自己似乎是被耍了，那種感覺就好像有人拿了一張黑壓壓的照片要你猜那是什麼，而正當你很認眞地思考要回答黑洞還是日全蝕這類有情調的答案時，對方卻在一旁捧著肚子笑說：「這是我的鼻孔哦！」之類的。

他下意識地碰了碰鼻子，又回到他們的套房去。

黃讓小心翼翼地把鑰匙塡進孔裡，契合的大小如拼拼圖一般。他扭開門悄悄溜進他們的窩，不知道爲什麼，他覺得自己像個小偷。

他走進臥房，看著睡得沉沉的翕瑄，才明白原來自己什麼也沒留下。他爬回被窩裡，好像剛剛沒有發生過任何事那樣。睡過的枕頭皺皺的，像是夢的形狀，上面有他習慣的味道。

翕瑄翻了個身，把他裹進被窩裡，彷彿一捲浪，她把他抱得好緊，快溺水似的。黃讓忽然有種想哭的衝動，他可以從眼淚裡提供海水的鹽分，但他不足以當她的浮木。

他們擁眠了幾個小時，然後他醒來了，他覺得被她枕著的左手臂好痠好痛。他緩緩地移動，從棉被裡探出頭，像是挨過一陣冬之後甦醒的烏龜。黃讓抽離床，把棉被弄成他手臂的形狀，讓她靠著，這是他僅能給的安全感。他在她額上淺淺一吻，然後又再度出發到車站。

蟹青色的天朦朦亮，整座城市像一隻酣眠的巨獸，他騎著車在路上顛簸，就如同獸震得地動的鼾聲。清晨的風含著露水，涼涼的、溼溼的。

黃讓買了張南下的自強號，時間是十五分鐘後。他過了票進到月臺，離情本就刺骨，搭上颼颼吹著的風，像被打了好幾下耳刮子，他不由自主縮緊了脖子，把手深埋進外套口袋裡，覺得冷。

沒多久，火車進了站，黃讓坐在軌道旁的椅子上，猶豫著。他站起身，同其他人排在車門兩側，旅客一個接著一個上車了，他站得直直的，太陽穴又開始抽痛起來，火車的催鈴聲噹噹噹地響著，他皺了皺眉頭，覺得刺耳，他坐回椅子上，雙手中指順時針按壓著太陽穴，一直到列車開走了，他仍然待在原地。他覺得自己好像有些事還沒完成。

他用原來那張票出了站，噙進票口服務員狐疑的眼神。

黃讓買了份咖啡和麵包，又回到住處。

翕瑄側身躺在床上，膝蓋屈到胸前，抱腳彎著睡，像還在母體裡的胎兒那樣，安安穩穩的，絲毫不受外界打擾，黃讓覺得她可能已經這麼躺著幾千年了，翕瑄的胸口規律地起伏，頭髮披散在枕上，一簾黑瀑洩落那般。

黃讓把早餐放在矮几上，怕翕瑄醒來會餓著。

他要出門前，從梳妝台上拿了一支她平時用來夾瀏海的髮夾，黃讓把它別上襯衫口袋後，才放心地離開。

這次他深吸了一口氣，毅然決然地上了火車，沒有一絲躊躇，而在她熟睡著的房裡，咖啡還熱著。

幾個小時後，黃讓到了台中車站，他和舅舅約了十點鐘。黃讓一下車就看到遠遠車旁一個人影招手，他朝他走去。

「最近台中變得好熱鬧呢！大樓一間一間蓋。」黃讓坐在副駕駛座，先向舅舅開了口。

「那是你的不對了，大學一直升上去，回來的日子也少，你媽笑你像狀元兒子呢，給拐到京城去了！」舅舅邊開著車邊應話，雖然看似無意，但黃讓聽了總覺得心裡酸酸的。

他看著舅舅緊握方向盤的手，忽然想起了爸爸的。

爸爸是個一板一眼的人，當年國民軍退了下來，播遷到臺灣，溼熱的天氣常讓他在夜裡喊骨子疼，到底健康狀況是和以前大不同，但他也硬撐住了，牙一咬就是好幾年。

黃讓印象中，爸爸不論冷天熱天都穿了件筆挺的襯衫，看上去好像永遠剛漿洗過，又給人燙得妥貼似的。爸爸的骨架很大，肩膀凸著兩塊丘，就算不依墊肩也顯得挺拔，頭上的髮修剃得整整齊齊，腰桿挺得直直的，晚年雖然風采不如以往，但還是看得出幾分軍氣。「我不說你還不曉得，當年我們筧橋空校那批人啊……。」每當爸爸興致一起，總愛泡壺茶，賴著他說上幾句風風光光的往事，孩子似的。

爸爸喜歡養菊茶，十分講究泡茶時的備置，他可以因爲少了老花眼鏡而閉目養神一整天，卻無法忍受多餘的水及茶渣沒有陶盂貯放。

爸爸要講他那一串往事之前，總會先從探囊裡舀幾朵乾燥菊，栽進杯裡，然後提起壺耳，斜朝杯底澆入一溫茶梗水，如灌溉一畦富饒。爸爸總愛對著個個自底飽圓旋浮起的花蕊，略勾起嘴尾，似對綻於杯中的菊花感到滿意，又如同在嘲弄自己漂遊半百的人生，就像此刻被沖起的瓣瓣旖旎，載浮載沉。

黃讓記得小時候曾做過一個夢，夢到爸爸像要取菊那樣，以拇指和食指的指腹相捻，然後弦成尖喙狀，啄進探囊中，像挑果實般把他揪了出來，暖入粗糙的手裡挲摩好一陣子，再輕放進杯中，朝他身上淋注，然後他便似吸收了精華般地長大了。次日醒來，他告訴爸爸這個夢，爸爸竟露出微笑，用厚實的掌拍了拍他的背，「是啊！你是這麼來的！」

黃讓想得出神，沒多久老家就到了，舅舅離去前還特別叮嚀他一聲：「黃讓，現在你們家就你一個男生了，挺著點，有事儘管向我開口。」

他住在台中北屯區的凌雲新村，天祥街十七巷四弄裡，那是個退下來的空軍眷村，狹長型的眷舍，百來戶首尾相連，一條龍似的。黃讓的爸爸是飛官，所以他們住在前段，而後段是屬於地勤的。

小時候村裡有一座籃球場，黃讓記得媽媽總會帶他到廣場看蚊子電影，以前發放眷糧也在這個空地上，而今已經規劃成停車場，正後方則是改建過的建國新村，看起來很像總統府。

媽媽看到黃讓回來，馬上迎了上去。她整了一個髻在後頭，把頭髮盤起來，拉得高高的，好像沒這樣綁住，魂就會飛走了似的。她耳邊散著一綹髮，大概忙進忙出沒注意到，灰灰白白的，岔得有些顯眼，黃讓和媽媽比了比，媽媽便沾了口水隨手把它勾撩到耳後。「忙都來不及了，哪還有時間管這些煩惱絲。」她說。

黃讓跟著媽媽進到靈堂，爸爸的遺相擺在正中央，穿了一身軍服，氣宇軒昂。「你爸偏愛這張。」媽媽看到黃讓盯得出神，接口補上一句。

兩旁高高的燭臺亮著火光，照得整個房間也熠熠地晃著，黃讓覺得太陽穴又開始抽疼了起來，這一切都太不真實了，他想。他在眼尾附近揉著、按著，他覺得整個靈堂好像跟著一起搖搖盪盪，在風浪大的海上出船那般。他給爸爸上了香，趕緊走出靈堂。

黃讓想走去後院，看看那個充滿回憶的地方。後院的小石徑曲曲折折，生滿了苔蘚，兩旁雜草叢生，到他腰那麼高，他邊撥邊走，褲上勾滿了鬼針草。秋天果實轉紅，欒樹上爬滿了一顆顆蒴果，像依著楊桃的形狀，灌了氣進去似的。

「再過幾個月，就會抽嫩芽了。」媽媽站在他背後輕輕地說著。黃讓嚇了一跳，趕緊轉過身，「媽，怎麼跟來這裡了？這裡蟲多呢！」媽媽兩個眼皮蓋紅紅腫腫的，似乎剛剛才哭過，她捧給他一杯茶，「我幫你滾了紅糖薑，看你剛剛發頭疼，怕是車途累著了。」

日子一天一天過，他們按著臺灣習俗，給爸爸「做七」。

頭七這天，家裡來了幾個師姐唸經文，他和媽媽讓他們領著辦法事。黃讓捧著經和大家一起誦著，小小的靈堂擠了五個人，濡溼的空氣悶悶的。十幾頁的經文密密麻麻，黃讓越唸越覺得自己頭暈，一個字一個字蟲般地爬著，直要鑽進他腦門，兩個小時長的法會，到末他都只喃喃地對著嘴形，有時更索性閉起眼睛。

頭七隔天，翕瑄寄來了一封信。

黃讓有些意外，他完全想不透她是從哪裡知道他老家地址的，連他自己也不會背。他一接到信馬上拆開來，信上說著她的不安，兩大張信紙那麼多。黃讓讀完立刻回了一封，洋洋灑灑，但他沒有寄出去。下午他到市區的精品店買了個木盒，他把翕瑄寄來的信以及他打算回給她的都鎖進盒子裡。傍晚黃讓陪媽媽去市場時，給蜜蜂叮了一個包，到現在還沒消。

「二七」、「三七」一直接著做下去，翕瑄又陸續來了好多封信，剛開始黃讓覺得有些懊惱，他很想了當一點告訴她自己無法給她什麼承諾。但慢慢地，他發覺自己開始期待翕瑄的信，他覺得他間接關心到她了，用一種近似於閱讀她的日記的方式，但他仍舊把本來應該寄給她的信都鎖回盒子裡。如果回信，那她就知道他偷看過她的日記了，他想。而他寫信，不過是想找種方式抒發情緒，他覺得翕瑄大概也是這樣吧。

奔波處理爸爸的後事，使黃讓抽不出身，一直沒有時間好好沉澱自己的思緒，翕瑄的信來得很勤，好像連她也處於心理上的邊緣，但黃讓不想耽誤她，他選擇逃避。

這天整理爸爸的遺物時，黃讓在爸爸的櫃子裡翻出一堆書，黃黃舊舊的，摻著霉味，他打了個噴嚏，身體一顫，書裡掉出一張夾著的紙，他彎腰撿了起來。

把一首
在抽屜裡鎖了三十年的情詩
投入火中
字

被燒得吱吱大叫
灰燼一言不發
它相信
總有一天那人將在風中讀到——洛夫〈詩的葬禮〉

他讀著，有些感觸，他把那張紙整平，鎖進自己的盒子裡。

做完「滿七」隔天，他們在台中市立殯儀館舉行了爸爸的告別式，當天來了很多授階軍官，公祭時黃讓回禮回到腰都快折彎了，好多人到他面前和他握手致意，光是「節哀順變」他就聽了不下二十次。

以前他唸台中空軍子弟小學的同學們也來了不少，他一個個認著，好多回憶又湧上心頭。

黃讓沒有兄弟姐妹，所以小時候放學總不愛待在家，書包一丟，拿了五毛錢，就跑出去買用報紙包起來的花生米吃。然後拿著用造飛機剩餘物質做成的鐵墊板敲敲打打，挨家挨戶唱著：「要逮貓哩捉哩逮，捉哩逮個好痛快。」大夥兒聽到便一窩蜂地跑出來玩「官兵捉強盜」，村界有條大水溝，旁邊一座井，每次黃讓都會躲在上頭，從來沒讓人找到過。

巷口有家雜貨店，是一個姓田的老闆開的，從前是北方人，不知是不是吃麵的緣故，長得特別高大。一群南腔北調的小鬼總愛趁他睡午覺時，跑到雜貨店旁邊的空地打鬧，吵得田老闆拿掃把出來趕人，追著他們直喊：「你們這群死兔崽子，都別跑！」這時幾個埋伏在旁的孩子便會對準田老闆，拉滿他們自製的彈弓，然後所有人再一起拔腿逃。

玩累了大家便溜進三弄去消暑，那裡有棵很大的芒果樹，一群野孩子扔著鞋打芒果，直到主人出來趕，才一哄而散，有時候回家還被媽媽拿籐鞭抽著問怎麼少了一隻鞋？

黃讓升小五那年，他家對面搬來了一個小他一歲的女孩子，由於黃讓是獨子，所以他一直把她當妹妹看待，那個女生叫做喬喬，個子小小的，總愛綁著兩隻麻花辮，喊他作「黃哥哥」，很黏人，喜歡跟在黃讓身後跑，一點都不怕生。

小時候黃讓也很寵喬喬，常常帶她到田老闆的雜貨店去買照秤的糖果，他們手拉著手，塞得滿嘴糖果，幾個鄰居小鬼看到都湊著他們喊：「男生愛女生，羞羞臉！」

可是黃讓升上國中後，喬喬卻也跟著搬家了，之後兩人再也沒有連絡。

他懷念起那段往事，那個晃著兩隻辮子的小女生，然後想起了翕瑄也是一逕那麼擺著的馬尾。

一直到九十五年年尾，翕瑄的信一個禮拜總還有兩、三封，兩年多來從沒少過，而每天期待著她的信，已經變成了黃讓的習慣，每次回家，他做的第一件事便是查看信箱，他只能藉此得知她過得好不好。

黃讓的木盒塞得滿滿的，一封一封疊得很密，翕瑄每寫來一封他就會回上一封。

這天早上，黃讓出門去工作，自從爸爸過世後，他覓了份在台中市區的差事，每天要到傍晚才能回家。

他一進家門，便看到喬喬坐在裡面，和媽媽有說有笑。

「黃讓，快過來，喬喬等你好久了！」媽媽一見到黃讓便趕緊招手叫他。

「沒有啦！黃哥哥，你別聽阿姨逗你，我下午才剛到呢！」喬喬瞇著眼睛笑說，她的笑容水波似的一圈接著一圈在臉上泛開。

「呃，好久不見……。」黃讓看著眼前的喬喬，愣得說不出話，好像不敢相信從前那個愛黏他的小女生也會長大那樣。

「哈哈，妳的黃哥哥就是這樣，見了妳還怕羞呢！」媽媽一邊打趣地調侃著黃讓，一邊向他說「喬喬剛剛告訴我啊，她搬離我們村子之後，給人送去國外唸書了呢！好了不起的！」

「阿姨，您別尋我開心了啦！」喬喬不好意思地說著。

那天晚上，媽媽煮了滿桌豐盛的菜餚，好像看到喬喬十分高興似的，整頓飯吃下來很愉快，大家有說有笑。

喬喬走了之後，黃讓和媽媽一同收拾，媽媽一邊洗著碗筷，一邊像突然想起什麼那樣對著黃讓說：「對了，黃讓啊，今天喬喬來家裡時，說在門外邊遇到一個女生，問她你是不是住這呢！聽喬喬說那個女生好像紮了個馬尾，可愛可愛的。」

而那次之後，黃讓再也沒有收到翕瑄的信了。

之後他天天盼著，有時中午休息時間還會偷偷溜回家，只爲看翕瑄有沒有寄信來。隨著日子推移，這樣的情況越演越烈，有些鄰居們甚至已經開始耳語，說他得了心病。黃讓自己倒是不這麼認爲，他的心已經給翕瑄拐走了，哪還有地方患病？

近一年的時間，他幾乎天天都在公司和住家來回跑，他有些茫然了，這段時間他打了好多通電話給翕瑄，但每次都轉進語音信箱。翕瑄的脾氣很倔，個性又好強，一旦她鐵了心的事永遠也沒有轉圜的餘地，所以他也不曉得該怎麼辦。

九十七年一月多，黃讓上班上到一半時，突然被告知那個經歷近半百歲月的凌雲新村，因爲政府的種種考量因素，要面臨被拆遷的命運。他一得知馬上向公司告假回家，黃讓其實已經作好打算了，他想先用這一年多來存下的積蓄在外租間房子，把所有家當搬過去，暫且安頓媽媽和自己，等以後慢慢攢了多一些錢，再買間大房子。

但除此之外，他有件更煩惱的事，就是以後翕瑄若還會寄信來，已經沒有地址到他手上了。他還想再收到她的信，一封也好。

日曆一張一張撕，時間慢慢逝著，眼看這個眷村七月裡就不復存在了，他還是沒盼到翕瑄來的信。

星期六下午，黃讓獨個兒在家整理搬家要用的東西。

郵差甫經過巷尾，黃讓便趕忙跑出門，連鞋都還來不及穿。他眞的是急了，這些日子他總要這樣跑上好幾趟。

他無計可施，只好守株待兔，乖乖等著翕瑄給他消息。

本以爲這次又會像往常一樣，但當他掀開信箱蓋時，竟然看到裡面躺著一封信，薄薄一封信，對他來說卻相當具份量。

他把信拿得緊緊的，正面是翕瑄的筆跡，寫著他的名字以及兩邊的地址，他難掩興奮，嘴咧得孩子似的，口水都要淌下來了，一路這麼笑進門，等了一年多，他總算是盼到了。

黃讓一進家門，馬上把信拆開，他的手抖啊抖的，費了好一番功夫才把封得死死的信打開，「滋——。」黏得緊緊的膠被撕開的聲音，此刻對他來說卻像是天籟。他能想像，翕瑄是如何以她的手彌封這份心意，她一定是先塗了膠，然後兩隻食指按住信封嘴，從中間壓向兩旁，這樣才不會沾得整封信黏乎乎，他知道的，她的心很細，她一向那麼小心翼翼。

他撕開信封，然後傻住了——那是封燙了金的喜帖。

黃讓把喜帖擱在桌子上，他覺得好久沒犯的頭疼又開始作祟了，他跑去廁所，捧了大把的水就往臉上潑。像父親的過世一樣，他覺得這些全部都是夢境，總有一天他會醒。

他走回房間裡，想要找出翕瑄生日時，他買來慶祝的那瓶紅酒，紅酒橫擺在櫃子裡頭，和那個小木盒子一起。他左手一挖右手一扒的把衣服全部都翻了出來，然後拿起那瓶紅酒，急忙地將瓶蓋打開，灌了幾口，像有人氣喘病發作時，趕著對嘴噴支氣管擴張劑那樣。

他咕嚕咕嚕吞著，然後嘔的一聲，全部吐了出來，灑得滿地紅，濺血一般。酒澀了，瓶底沉澱了好多酒渣。

黃讓歇斯底里地哭著，他小心保存那麼久，一直捨不得喝的紅酒，竟然已經變質了，連他們的愛情也是。

他拿著紅酒、木盒和擱在桌上的喜帖，抽抽噎噎地走到院子裡，他把紅酒全都倒在空地上，然後放了一把火，打算燒掉所有他們有過的回憶，火光熊熊地燃著，吞噬掉他的過去。

黃讓看著那些東西付之一炬，然後想起洛夫的那首詩，他止住眼淚，反手把臉龐抹淨，因爲他相信，總有一天翕瑄將在風中讀到。

【佳作評審意見】

鍾文音：在青春愛情中，〈紙短〉是寫得比較好的。它引用洛夫的詩，雖然多餘，但青春裡會有一些閱讀經驗，所以還是合理。結婚的這個設計太劇烈，抒情性跑掉，此外其他蠻完整的。最後不及言說的東西，藉由時空表達，這個處理上就像在看短片的電影。

高翊峰：這是寫感情的題材裡最能打動我的，作者在文字掌控方面有相當的成熟度。他大部分時間相當平實在控制自己，雖然有些是失控的。像文音說的，雖然說是紙短，但其實是情長。但是不懂他爲什麼不回信？爲什麼分手？要讓讀者感覺到爲什麼無疾而終，作者在這裡是很大的敗筆，讀者不能進入這個狀況。

林俊穎：我得說說我的看法，這篇小說是一個作者本身很清楚小說是怎麼一回事，而進行書寫的。他從一開始設定好角色、情節轉折，然後愛情漸漸消失，最後無疾而終的結果。婚禮的地方眞的是很大的殺傷力，對小說來說。我很同意林老師的說法，我無法理解爲什麼不回信，我會期待愛情小說的情感是眞實的。它的內在的結構跟邏輯是不夠說服人的。另外這篇有些細節有點不確定。描寫有時空的錯亂，安排有問題。最後放棄選它就是在結尾，因爲企圖要呈現出來的東西太用力了。作者的小說意識跟小說書寫是成熟的，但寫愛情時不能太過用力經營愛情本身。

教育守則

劉晨如（中文二C）

伊特杜斯教育手冊第一守則：造成霸凌的犯人共有四種人，霸凌者、老師、被霸凌者、旁觀者，他們是我們所要教育的對象。

蘇育昨天便幾近無法抑制自己的心情，彷彿銬牢在身上多月的枷鎖無預料地突然解開，他想開心大叫，卻又爲自己「啊，這就是報應吧？」的想法感到羞恥。

但經過一晚輾轉反側，蘇育最終還是決定回歸久違的友義中學上課。

吞了吞口水，蘇育鼓起龜縮在家裡良久的勇氣踏入教室，惴惴不安發現許多同學只是平淡看了他一眼便轉頭，彷彿好久不見的同學連陌生人都不如，蘇育的心不由得顫了一下，原本還算高昂的情緒頓時跌入谷底。

走到座位拂開佈滿厚實灰塵的桌面，抽屜還放著不知道是誰的課本與物品，他心裡不禁有些發酸。

——他們大概以爲我不會再來學校了吧。

周遭的漠視讓他如坐針氈，即使昨天已經預設到今日的場景，仍然無法使蘇育做出應對，這是連自己都感到痛恨的懦弱與膽小。

他很清楚現在只要有人輕輕說出一句反對的言語，就能讓他被全體拋棄，就跟陳世瑋尚未失蹤前一樣。

午休，蘇育聽令班導於上課時通知他的消息，走近心理輔導室的隱密房間前，沉重地吸了一口氣，調整著狀態，他轉動門把，開門瞬間便看到壓力的來源，他的班導——林清蓉老師。

蘇育僵硬地扯動嘴角的弧度，音量不自禁比平常小上許多道：「老師好。」

林青蓉點頭示意，露出柔和的表情，「蘇育，過來坐我對面吧。」

才剛坐到林青蓉對面，蘇育便發現桌面上有著一疊小卡，不知爲何，他心中突然有些發慌。

「這是班上大家給世瑋的祝福，今天我就要將這些卡片轉交給世瑋的媽媽了。」在說話的同時，林青蓉從包包中拿出筆和一張橙色小卡，將它們放到蘇育面前。

蘇育遲疑了一下，「……這是，給我的嗎？」他覺得很不眞實，竟然會叫他寫。

林青蓉面露微笑，「當然，我想你是因爲擔心世瑋才回來的，不是嗎？」語氣正直的理所當然，卻讓蘇育感到異常難堪，因爲這並不是他回學校的原因。

但蘇育不敢反駁，因爲希望同班同學最好永遠失蹤的這種想法過於晦暗，連自身都覺得羞恥。

「嗯，我很擔心他……」說出應該說的話，蘇育有一種不舒服的噁心感在身上四處遊走。

可是，他只能垂下眼簾，順服著寫下該寫的鼓勵話語。

在沉寂的幾分鐘後，蘇育將手上的小卡轉交到林青蓉手上，怯怯問著：「老師，這樣應該可以了吧？」

林青蓉聽聞後緊皺眉頭，想開口訓話罵「什麼應該可以了！不再認眞寫一些嗎？」但見蘇育對自己露出十分緊張的表情，才意識到似乎有些失態。

她掩飾尷尬而低頭看著內容。

To陳世瑋：

沒有人會輕易相信班上少了你的笑聲還高興得起來，警察一定能早日逮捕犯人歸案，把你救出來，到時我們又能在同一班級念書了，祝你早日歸來。

林青蓉頓了一下準備措辭，抬頭說：「可以了。」又道：「我相信世瑋的媽媽在收到大家的卡片後，心情會好轉許多的，因爲大家都在支持她。」

彷彿在解說什麼似的態度，令蘇育感到焦躁。

「……我想大家都這麼想的。」勉強勾起微笑，蘇育只是禮貌性使用最保險的說法對答。

林青蓉予以笑容回應，眼神不經意轉到蘇育背後的時鐘，「好了，我時間差不多該去上課了。蘇育，你也好好休息吧。」拍了拍蘇育的肩膀，林青蓉站起離位，很快就走出房間。

默默望著班導的背影遠去，蘇育唇角不能控制地蠕動，似乎在壓抑著什麼。

從剛剛便強烈感受到的差別待遇，讓蘇育的心慢慢冷卻，不管是同學還是老師皆在討論陳世瑋的失蹤，他的存在只是宛若空氣。

——所以還是要將我視而不見嗎？他痛苦想著，但他最終還是把話吞回肚子，用雙手顫顫掩住可能就快湧落的淚水。

一切根本毫無改變。蘇育體認到這個殘酷的事實。

蘇育是邁著沉重的步伐回家的，到最後他還是沒有哭，因爲他不想就此妥協，好像會輸給什麼人一樣的拗執使他隱忍下來。

回家後，蘇育按照平日慣例在客廳擺滿一桌子的菜，解下身上的粉色圍裙聞著滿溢屋內的香味，這才使他驅趕走幾許疲憊，放鬆精神等所剩不多的家人回來。

沒等多久，歸家的蘇誠就走進客廳向蘇育微笑打了招呼：「小育，你今天煮了馬鈴薯湯嗎？我遠遠就聞到很香的味道。」

原本坐著的蘇育一見到哥哥，就朝蘇誠的方向展露靦腆的笑顏，小跑步靠近蘇誠仰頭道：「對，哥哥的鼻子好靈敏。」

不經意瞥見哥哥手攜粉色格子紙袋，蘇育露出疑惑的表情，因爲哥哥是頗爲寡欲的人，不買只是滿足自身欲望之物，只購買居家必需用品，而這個精緻的紙袋並不像蘇誠的風格。

注意到蘇育的視線，蘇誠提高袋子，帶著笑意的溫和嗓音解釋：「這是你喜歡吃的奶酥餅乾。」一隻大手輕輕搓揉著蘇育的腦袋，「我們先去吃飯，萬一晚餐冷掉就麻煩了。」說完，踏著沉穩的腳步朝餐桌走去。

知道哥哥難得買餅乾是爲了自己，蘇育喜溢於外地點點頭，在蘇誠身後當著小尾巴緊緊跟步。

蘇育和蘇誠相差十二歲，他從有記憶開始便是哥哥一手撫養長大，沒有與父母相處的記憶，只知道在自己一歲時，父親出差時因飛機事故身亡，三歲時，母親不幸發生車禍成爲植物人，到現在還在醫院療養，以盼有甦醒的一天。

也是因爲如此，蘇育並沒有和哥哥吐露在學校受盡欺負的事情，哥哥在未成年時撫養他長大，即使現今已是成年人，依然盡心盡力照顧，他不想成爲哥哥的拖油瓶，一直使哥哥擔憂自己。

在飯桌一番愉快的談話過後，蘇育輕輕放下碗筷，「所以，今天我在學校過得很開心。」他裝出笑容說著。

坐在身旁的蘇誠聽聞，淺淺笑著，語意輕鬆接道：「這樣啊，最近你悶悶不樂的樣子讓我很擔心，還以爲你遭遇什麼可怕的事，卻鬧彆扭不和我談。」

蘇育身體不由得僵了一下，眼神開始跟著閃爍，幸好隨即又聞言：「不過原來是我過於小看你，你已經有能力處理自己的問題，長大了。」這才使蘇育偷偷鬆了一口氣，可是，在這同時他又覺得羞愧。

——我根本還沒長大到能令哥哥不用操勞的程度，懦弱的要死。蘇育討厭這樣的自己竟然還被哥哥稱讚。

赫然，蘇育察覺腦袋正被身旁的哥哥輕揉著，他向左抬頭只見到一張溫暖笑著的俊容，柔聲說：「不過如果有難過的事還是跟哥哥談談吧，我們可是家人，不需一人承擔。」

蘇育在這一刹那有坦言的衝動，然而，沒有猶豫太久，即使哥哥對他這麼好，他還是決定脫口而出一則天大的謊言：「我一定會的，哥哥，謝謝你。」何其自然笑著背叛了哥哥。

因爲「這種事」假若哥哥知情，老師和同學的冷漠態度也不會改變，只會讓哥哥白白操心，而且哥哥早就給予他能繼續前往學校的勇氣，這便足以支撐著他努力改變現況的嚴苛處境。

在兄弟倆度過一頓溫馨的晚餐時間，他們合作洗刷碗盤，觀看電視娛樂節目，直至晚上九點，他們才各自回房做自己的事。

抬頭望著時鐘上指向12的時針，於行事曆打上最後一件事的勾，蘇育整理好桌面，深吸一口氣，壓下收音機的錄音鈕，紓壓性地訴說一整天的心情，避免自己會被陰暗又消極的想法壓垮。

那是掩藏於心底最眞實的想法，不論對錯，也沒有人會指指點點，只是單純說著不曾與他人談論的黑色秘密，專心把心思擈放在上面。

所以，蘇育並沒有注意到被悄悄打開的門縫後，有一雙充滿晦澀的眼睛正盯著自己，難過而憤怒地握緊拳頭。

隔天早上，蘇育在教室外便聽到同學的喧鬧聲，但是才剛踏進教室一步，立刻發覺零散聚在一起的同學們的目光皆紛紛轉至他身上，現場頓時寂靜異常。

但很快地，他們又回歸之前的熱鬧景況，蘇育尷尬向他們道了聲早，卻依然得到漠視的回應，咬緊了牙，只好走去座位準備早自習即將開始的考試。

在途中，蘇育隱隱約約聽到他們提著「作弊」兩個字，不知道講的是誰，卻讓他敏感想了很多。

——他們是不是又在說我了？不對，應該不是……陳世瑋都已經失蹤，沒有人會帶頭欺負我。

——如果他們再說大聲一點，我就可以聽到他們在聊什麼。

——說不定只是隔壁班最近發生的事，我大概想太多了。

一點一滴，恍如噩夢般的回憶無法克制地湧上心頭，那是被欺負的罪魁初端。

「蘇育，你怎麼可以偷換別人考卷作弊？老師對你很失望。」被對調的考卷上赫然出現自己的筆跡，想要辯解也無能爲力，即使他知道眞正作弊的人是陳世瑋。

然後，不知爲何演變成大家都知道的事。

「蘇育把阿瑋的考卷名字改成自己的，害阿瑋差點拿到爛成績被他媽媽打。」

「那蘇育以前的考卷是不是都要檢查一遍啊？」

「不只吧，以前第三名的成績說不定也是作弊來的喔？」

竊竊私語、竊竊私語，不停聽到的小聲密語一直增加，就像病毒一樣快速孳生著。

就連自己的朋友也用著不信任的眼神望向自己，「蘇育，你還是向世瑋道歉吧？畢竟做錯事的人是你。」

——不是我！

無數次的反駁都沒有人相信，只有日漸疏遠的關係越加明顯，最後，在陳世瑋有意的帶領下，不只言語，還出現行爲上的欺負。

「嘻嘻嘻」、「哈哈哈」、「呵呵呵」、「咯咯咯」……四面八方無數的笑聲圍繞著，恐懼使他不敢抬頭面對任何人。

即使現在帶頭人已經失蹤，不安的因素依舊埋藏於他的心頭。

——看啊，大家還是討厭我，不論班導還是同學都一樣。

寫著考卷時，蘇育一直被這些紛雜的思緒攪擾，無法專心，只是草草塡下選項答案，等到精神狀況比較好時，已經是第二節下課了。

之後的時間，他再試著和人交談也無法融入對方的圈子，只覺得被排斥在另一個世界，最多的是禮貌性的表面對話，離不開遙遠的疏離感。

但一想到昨夜哥哥的話語，蘇育便燃起勇氣，不打算與以前一樣畏縮在自己的龜殼，要更加努力好好堅持下去。

嘗試了整個星期，在放學時，蘇育看著成群結伴的同學們，而自己依然一個人，默默嘆了口氣，正要離開教室時，赫然被熟稔的吶吶聲叫住了：「蘇、蘇育，等一下，我有話跟你說。」

蘇育回頭，發現竟然是以前和自己關係十分要好的楊俊弘，對方此時看起來頗爲不安，但似乎又下了什麼決定開口：「我們找個沒人的地方聊聊吧。」

——沒人的地方……是怕你和我在一起時被看到嗎？

蘇育心情複雜地笑了，道：「好，我們也很久沒在一起聊過了。」他們最後談話的時間是在好幾個月前，因爲楊俊弘一直在躲著自己。

他有種奇怪的預感在發酵，直覺認爲這是能挽回他們友誼的最後機會。

這是一座荒蕪而蒼涼的廢棄公園，前名稱作友義公園，坐落於蘇育就讀的中學附近，但在發生一樁母親急尋因被霸凌而夜未歸的兒子，進而發生車禍的慘案後，便頻頻傳出成爲植物人的母親靈魂在公園逗留，導致人煙因此越發稀少。

多年無人清除的雜草蔓延至公園的人行道，毫無章法侵占石磚的隙縫，枯黃的樹葉和殘破的樹幹於圃中肆意生長出一片貧瘠，長椅上則佈著年月的青苔，砂土也被冷風蕭蕭吹得滿天飛揚，路燈一閃一滅照出各種擺動而破碎的黑色影子。

蘇育和楊俊弘步行幾十分鐘便走到了這毫無生機與人跡的公園。

不知楊俊弘是否是對這詭譎的環境頗爲不安，他吞吞吐吐地道：「最近……班上談論的對象都是你。」比蘇育還要矮小的身高此時低著頭，不知道在想什麼其他難語之言。

蘇育輕輕嗯了一聲，等待楊俊弘接下來的話。

他對同學們在背後偷偷說的話毫不知情，尤其是在這大家的態度都不怎麼友善的情況之下，他其實頗爲不安。

「我沒想到你最近竟然變了這麼多。」楊俊弘說。

「我變了很多？」蘇育疑惑，楊俊弘只是望了他一眼又低下腦袋。

「變了很多。」楊俊弘悶悶道，原本行走的腳步停止，恰巧停在被風吹斷的樹幹前面，原本茁壯的大樹現在只剩一半脆弱不堪的殘骸。

冷風嗚嗚迎面吹在兩人面上。

「大家都說，逃學前的你還比較好，沒這麼現在——」楊俊弘抬起了臉，掩不住滿臉的失望。

「無恥。」這兩個字宛如冰冷的玻璃碎破劃開蘇育整身，他整個人都涼了。

蘇育不可抑制地握緊了拳頭，他明明顫抖著，卻裝作若無其事，問著：「爲什麼說我……無恥？」如果可以，他眞的很想逃離這個荒誕的惡夢。

楊俊弘直直望著蘇育，眼神彷彿在斥責著什麼髒東西，緩緩啓口：「陳世瑋失蹤了，你爲什麼還能滿面笑意地和人打招呼呢？」

然後，接著是令蘇育接應不暇的一連串斥喝。

「其實你覺得他失蹤了最好對吧？就是這樣你才會回學校。」

「你到底發生什麼事才會變得如此冷血，明明以前的你不是這樣的人。」

「老師說得對，說不定你在逃學時受到不良幫派的蠱惑，才會變成這樣。」

「身爲你的朋友，我眞的很希望你能恢復成一開始的你，大家都很善良，一定可以慢慢接受原本的你。」

一句又一句彷彿指控惡行的質問從楊俊弘嘴中脫口，蘇育的腦袋瞬間空白，他記不清對方的話，只能模糊明瞭話語中的簡單意義。

蘇育失神，下意識低喃著恍如夢魘般的囈語：「怎麼會這樣……」若不是指甲刺入肉掌中的痛楚提醒他不是在作夢，恐怕早已被這脫序的夢境所驚醒。

——原來大家都認爲我是這樣的人。蘇育覺得某種希望破裂了，心臟被血淋淋撕開一個大洞，又疼又瘦，其中楊俊弘帶來的傷害最大。

他直直盯著往日的好友，緩緩朝對方逼近。

——爲什麼？

蘇育想問，但卻梗住喉頭吐不出，他知道連自己的眼神也是出乎意料的淡漠。

——爲什麼？

蘇育突然有種啼笑皆非的感受，因爲他看到楊俊弘露出驚懼的表情，開始後退。

面無表情的蘇育讓楊俊弘感到暴風雨前寧靜般的危險，尤其是對方不容妥協步步逼近著自己，完全不是以前那副畏縮的討厭模樣，事情脫離了楊俊弘的預想，這使蘇育原本懦弱不堪的形象在楊俊弘心中湮滅。

蘇育語中含著不易被察覺的失望輕輕道出疑問：「爲什麼？」那是楊俊弘能聽到的音量，他們的距離已剩不到一公尺，近距離所帶來的壓迫感緊縛著楊俊弘，他抖著身體卻不自知。

「什、什麼？不要靠過來！」楊俊弘被身後的樹枝絆倒，跌坐在地，信手撿起石頭便要擲出，卻驚慌發現手腕不知何時已經被蘇育緊緊抓住，掙脫不了。

蘇育居高臨下望著昔日好友的所作所爲，才知道這段他自認爲的友誼可笑的要命，手中力道不能抑制地加重，疼痛使楊俊弘驚叫著。

蘇育心冷、苦澀、失望、悲憤、傷心在喉中吞吐著——最後凝結出五個字：「離我遠一點。」冷得彷彿可以像冰錐一樣刺傷人，他鬆開箝制對方的手，一發不言看著對方得到機會便踉踉蹌蹌跑開的身影遠去。

——逃走了，就跟以前一樣拋棄了我，毫不猶豫的。

在徹底看不見楊俊弘消失的蹤跡後，蘇育突然全身一陣虛脫，跪坐在地。

「哈哈哈，什麼嘛……我、究竟在做什麼呢？」臉頰滑下淚水，他掩面想要抑止，卻發現只是讓情況更加糟糕。

「簡直丟臉死了……」幾不可聞的聲音埋沒在隱忍的哭聲之中，獨自無助嗚咽著這個事實，斷斷續續傳出啜泣聲。

同一時刻，在荒郊野外的一間廢棄老式住宅中，空氣瀰漫著潮濕的霉味，沒有窗戶的屋子透不進一絲光芒，帶著一股難以言喻的窒息感。

失蹤已久的陳世瑋被布條蒙住眼睛，雙手則是被麻繩緊緊綑綁，顫抖著被迫跪坐在地，和其他同樣遭遇的被害者們在黑暗的視線中只能靜靜聽令於綁架者的話語。

經過變聲器所改變的不自然男音在前方說：「你們所犯的過錯，將由自身徹底體驗，這是我第一天對你們說過的話，相信你們已經體驗到該有的傷害。」

陳世瑋聽到身旁有人害怕地低聲啜泣著，不敢發出太大的聲響，他也不禁感到近日所造成的傷口似乎在隱隱作痛。

「首先，我要恭喜的是有人恍然大悟，已經可以從這裡脫離。但是，也有人資質駑鈍，不知悔改。」咚的一聲，男子從椅子上站了起來。

「所以，我們必須給予懲戒，以示警告。」男子拍了拍手作爲掌聲，機器音中帶著一種冷質，「就來歡迎我們的第一個迷途者——」

沉穩的腳步在腐爛的木板地踏出嘎嘎作響的節奏聲。

嘎、嘎、嘎、嘎、嘎。

陳世瑋聽著男子有條不紊的走路聲朝向自己逼近，他瞬間寒毛直豎。多日來不知身置何處的恐懼與壓力，讓他努力掙扎著身體想要逃脫，卻撕扯著近日來的傷痕，使他顯得更加狼狽。

然後，陳世瑋驚恐地聽到腳步聲停在自己面前，也聽到周圍鬆口氣的聲音。

「你知道你錯在哪裡嗎？迷途者。」機器音在陳世瑋耳邊冷冷響起，銳利地刮出他的心。

——不、不要！

伊特杜斯教育手冊第二守則：對於加害者，必須以「以牙還牙」的宗旨施行，使其體認自己所犯的過錯，進而使之懺悟。

蘇育回家第一件事就是照鏡子，在看到雙眼比預想中還紅腫的瞬間，他便急著拿冰塊消褪，不想讓哥哥看到他這副丟臉的樣子。

良久，待蘇育慶幸自己眼睛已經消腫至看不出大恙，心神安定過後，才突然驚覺自己尚未煮好晚餐，猛地看向時鐘卻又感到不對勁。

——已經七點了，哥哥怎麼還沒回家？

雖然抱持著憂慮，蘇育還是決定先準備晚餐，心想哥哥可能是有事耽擱，邊煮食邊焦躁地慢慢沉澱今天的心情，盡量調適至平日的模樣，可一想起曾在班上的種種，心神卻反而更加紛亂，回憶不起任何愉快回憶。

但是，就是在如此過程中，蘇育慢慢冷靜下來，因爲他領悟到一件事。

——爲什麼我一定要和那群人當朋友呢？蘇育嗤笑了出來，笑著自己的傻瓜行徑，他突然悟了，並且是徹底的悟了。

蘇育將不小心掉在地上的碎裂蛋殼，毫不猶豫丟進垃圾桶中。

晚上八點半，蘇育終於等到熟稔的步伐聲，知道哥哥回來了，心情才不禁開始放鬆，但也有些惱怒哥哥的手機竟然打不通。

喀的一聲，蘇誠打開門後就即刻向蘇育道歉：「對不起，小育……手機沒電，沒辦法通知你我會晚點回家。」短短幾句話，語中的歉意卻神奇地讓蘇育的氣不翼而飛。

蘇育笑了一笑，「沒關係，哥哥，先吃飯吧？都已經八點半了。」還處於成長期的蘇育感到快餓癟了，真不知道哥哥怎麼能忍受。

蘇誠溫和看著自己弟弟的貼心，習慣性又將右手放在蘇育的頭上，感受手下如本人柔順的髮絲柔聲道：「眞乖。」眼中充滿愉悅。

扒著一大口飯，「所以說，哥哥你今天都在處理你那個學生的問題？」蘇育邊吃邊聽著哥哥晚歸的原因。

蘇誠是附近明星國中的年輕老師，由於表現優秀，今年破格被允許帶班，變成一年八班的班導。

「嗯，相當頑劣，他一直欺負著班上的某位同學，當我和他私下談論這件事時，他卻理直氣壯說著歪理，所以我懲罰了他。」蘇誠顰眉不悅說著，蘇育很少看到哥哥露出負面的情緒，便直覺那位問題學生一定做了很過分的事。

但又心有戚戚焉道：「希望那個人能因此悔改，不然被欺負的同學也太可憐了。」他想起了自己的遭遇，卻不敢深想，怕被哥哥看出自己的異樣。

「放心吧，他被我懲罰到哭了，和我說他最近就要和被他欺負的人道歉，看起來似乎一切正在好轉。」蘇誠鬆下緊皺的眉頭，安慰著蘇育。

「懲、懲罰到哭了？這樣沒問題嗎？」蘇育驚詫，想不到溫柔的哥哥下手會這麼狠。

「我下手有分寸，相信哥哥的教育手段吧，把他引向正途也是我的責任，不是嗎？」蘇誠語中的自信使蘇育並沒有繼續追問下去，他相信著哥哥，並且願意一直持續下去，因爲哥哥也一直相信著自己。

他相信過不久哥哥便能帶來好消息。

今晚，又是一頓令兩人都感到開心的晚餐。

躺在床上，蘇育呆呆望著天花板，露出疲憊的神情，眼中瀰漫淡淡的憂愁，心中有什麼在抑鬱。

因爲他已經放棄了，在班上如此糟糕的關係已經沒有辦法可以挽回，在經歷今天的事後，他再也無法有正向的態度去面對那些人，只想漠視。

想著想著，就在蘇育快入眠的時候，床頭櫃的手機突然響了起來，即使心中有些納悶誰這麼晚還打電話，他還是下意識伸手接起電話：「喂，是誰……？」

帶著沉重鼻音，似是大哭過一場的沙啞聲顫音著說：「蘇育，原諒我，一切都是我的錯，我很抱歉對你所做的事。」

電話中傳出了他無法預料的熟悉聲音，剎那間，蘇育睜大眼睛愣愣道：「陳世瑋？」

嘟的一聲，電話寂靜無聲，在靜謐的夜中顯得詭異。

蘇育被嚇得清醒，沒有想太多，立刻拿手機撥打給警察。在打完後，他簡直都快懷疑剛剛只不過是一場夢，一切都是虛擬的。

那個遲來的道歉過於弔詭，蘇育只覺得懸疑重重。

之後，一天、兩天、三天……蘇育仍然照常去上學，只是不再理會班上的人，一人獨來獨往反而比之前還輕鬆。

又不知道過了幾天，談論陳世瑋的人越來越少，也沒有他的消息傳出，但那天晚上的電話依然讓蘇育十分在意，他有時候會擔心想著：陳世瑋不知道在哪裡？

再然後，有一天，令大家吃驚的，陳世瑋突然全身滿是傷痕的回來了，瘦了好幾公斤的身體上貼著一堆OK繃，卻滿是精神，他無視身旁所聚集的人，推開其他人的關心，登上教室的講台拿起麥克風。

他面容嚴肅，說了令眾人詫異的第一句話：「蘇育，對不起。」

然後，他接著開口：「當初作弊的人其實是我，是我陷害蘇育的，因爲我看不慣他英文的成績比我好……」陳世瑋開始將事情的始末交代清楚，不只同學，就連站在一旁的班導林青蓉也不禁因爲眞相而瞠目結舌。

他們紛紛尷尬看向站在一旁的蘇育，但蘇育並沒有任何表情，只是一發不語扭頭回去自己的座位。

蘇育並不開心，也無法假惺惺原諒，所以他選擇閉口不語，但若是在好幾個禮拜前，他大約是會接受的。

現在仔細一想，他覺得可笑的要死，以前拼命追尋，現在卻是避而不聞，他不知道這究竟是成長還是現實過於殘酷導致的退步。

而陳世瑋在班上的地位因此微妙了起來，沒有人和他說話，有時甚至還會被嘲諷，就連班導的態度也明顯不太待見。

蘇育則是收到一連串的道歉信，還有一雙雙飽滿歉意的眼神，每次欲言又止的話語令蘇育不知如何是好，只能微笑禮貌以對。

而且地位的轉換更是使蘇育錯愕，因爲在一次不經意行經某個偏僻角落時，他遠遠望見陳世瑋被班上的同學們毆打，嘻笑的聲音連綿不絕，蘇育在那瞬間彷彿看到以前無助的自己。

沒有人會主動上前幫助，最多的是漠視與嘲弄，俯視人的眼神就像在看待什麼垃圾一般，以自己的痛苦製造他們的樂趣。

——這和以前有什麼差別？只不過是被欺負的人變了！

想起之前的種種，蘇育不知爲何突然止不住自己的憤怒，衝動叫著：「住手！」便朝自己的同學衝了過去，大力向施暴者掄了一個拳頭下去。

——即使，想要保護的人曾經惡劣地欺負過自己，也不該遭受如此待遇。

蘇育這麼想著，更是氣著陳世瑋的懦弱。

他不禁朝正露出驚訝神情的陳世瑋怒喊：「爲什麼不抵抗？這裡可沒有人會幫你！以前的你一定會打回去的不是嗎！」

「……因爲是我對不起你，我想彌補以前對你造成的傷害，這樣或許會使你好過一些。」看到陳世瑋不像以前一樣囂張，只是吶吶不自信講著這些話，蘇育在身旁的人錯愕之下，揍了躺在地上毫無辦法躲避的陳世瑋一拳。

蘇育並沒有因爲同情而放水，而是實紮實打的力道朝對方揮去。

「很好，我揍了你一拳，你覺得你還清了沒？」蘇育沒好氣地問，見陳世瑋傻楞楞望著自己，又道：「怎麼，你以爲這麼簡單就可以還清了？揍你一百拳我都還嫌不夠多！」

又朝旁邊的人喊：「如果你們對我感到愧疚的話，就讓我自己解決，親自揍陳世瑋，不用你們幫忙！」

班上同學們紛紛你望我我望你，才一一接著答應，但臉上都露出不可思議的表情，完全沒想過悶不吭聲的蘇育會突然爆發，做出這樣的事。

在這件事過後，班上就再也沒有傳出有人被欺負的消息，蘇育也因此突然覺得在學校時，心情沒有再比以往壓抑，似乎像是解除了一樁心事，世界頓時豁然開朗許多。

而他和陳世瑋的關係也莫名其妙好了起來，雖然蘇育曾經和對方直言過還沒原諒對方，卻還是變成了朋友。

在互相關係漸緩後的一日，蘇育問起了陳世瑋被綁架的事。

「綁架你的奇怪組織叫做『伊特杜斯』，然後不要求贖金就把你白白放回來了？」蘇育有點懷疑陳世瑋在說謊。

似乎察覺到蘇育的不信任，陳世瑋不禁大聲嚷嚷道：「喂喂、當初我還以爲死定了耶，這可是我以生命換取的情報……」他轉頭查看四周，發現有人在，便小心翼翼湊近蘇育耳旁講著關於伊特杜斯的事情。

那是一個主旨著教育的神秘組織，他們將許多霸凌者綁架後關在屋子中，模擬學校教室上課的教室，並強迫霸凌者一一輪流模擬他們在學校欺負人的場景，體驗被欺負的不堪感受，主張以牙還牙，以眼還眼的教育手段使霸凌者懺悟。

陳世瑋便是那時候體認到自己有多過分，將作弊的過錯全部栽贓到蘇育的頭上，欺負對方人際比自己差，因爲心虛而進行徹底的霸凌，將蘇育打壓到最底層，毫無翻身之地。

蘇育聽完後感到很不可思議，但這也解釋了他最初的不解，陳世瑋爲何會在那晚打電話給他，而不是打給母親或者警察。

而晚上，蘇誠和蘇育面帶微笑講了一樁好消息：「我班上那位欺負人的問題同學終於悔改，和被他欺負的人成了好朋友呢。」

「哥哥果然做到了。」蘇育爲此感到高興。

然後，在蘇育的莫名其妙之下，蘇誠笑得欣慰摸了摸蘇育的頭：「好孩子。」語中飽含著驕傲。

此時，蘇誠房間內的筆電上，正顯示著兩個名字與身分：楊俊弘（旁觀者）、林青蓉（老師），網頁閃爍伊特杜斯四個字，他們是蘇誠的下一個目標。

「林青蓉老師，我很懷念妳當時是我班導的回憶，有空和我在禮拜五去餐廳吃頓飯嗎？我是你曾經的學生，蘇誠。」電腦郵件上的內容被標明著已寄發。

【佳作評審意見】

林俊穎：這篇的作者是學生，我會很希望看到，你們處理跟你們息息相關的現實的事情。你們離霸凌的事情並不是很遠，看到作者處理這個問題，我會比較願意去鼓勵它。結構上有比較嚴重的問題，中間的教條式的東西可以去掉，應該讓讀者自己領會。如果領會不到是小說的失敗，揭出底牌是對讀者很不適當的干擾。後面又缺了一塊跳過去了，所以我雖然喜歡但是結構有滿大的問題，作者可以進一步再思考。

旅時

作　　著　殷善培 主編
發 行 人　張家宜
社　　長　邱炯友
總 編 輯　吳秋霞
執行編輯　普義南
企畫編輯　黃涵怡
內文排版　普林特斯
封面設計　斐類設計工作室

出 版 者　淡江大學出版中心
地　　址　新北市淡水鎮英專路151號
電　　話　02-86318661
傳　　真　02-86318660

叢書編號　TB001
出版日期　2013年12月 一版一刷
I S B N　978-986-5982-42-3
定　　價　240元

國家圖書館出版品預行編目資料

旅時 / 殷善培主編. -- 一版. -- 新北市：淡大出版中心, 2013.12
面；　公分
ISBN 978-986-5982-42-3(平裝)

830.86　　102024337